# 昭和の青春
# 播磨を想う

池内　紀

昭和の青春
播磨を想う

# 目次

## 昭和の青春

# 昭和の青春

# モクモク号走る

昭和二十年（一九四五）十月、平林平吉は郷里の姫路に帰ってきた。第二週目の木曜日、なぜかそれをはっきりと覚えている。いいお天気で、秋晴れの空がガラスのように澄んでいた。そのこともまたよく覚えている。当時、山陽本線姫路駅は木造平屋建てで、改札を出ると、すぐ目の前に城があった。平林平吉はしばらくボンヤリと佇んでいた。それから戦闘帽をかぶり直し、背中の包みをゆすりあげ、松葉杖をついて焼け跡の中へ入っていった。

城が目の前に見えたのは、あいだに何もなかったからだ。紺屋《こんや》町、二階町、呉服町、塩町、魚町、白銀《しろがね》町……。いかにも城下町らしい町名である。そしてまさに、かつてはそのような町並みだった。平林呉服店は老舗の並ぶ呉服町筋のなかでも、一、二をあらそう古い店で、看板に、「寛政二年創業」とうたっていた。当主は代々「平吉」を名のり、屋号をマル平といった。これに合わせて商標はマルの中に「平」の字が入る。父はマル平六代目で、商人仲間では「六代目さん」と呼ばれていた。だからひとり息子の平吉は七代目にあたる。

同年六月、姫路大空襲があった。アメリカ空軍の爆撃機が市の東部を占めていた川西航空機姫路製作所をはじめとして、周辺の工場地帯に無数の爆弾を落としていった。十一日後、B29の編隊が町の上空にあらわれ、ついで雨あられのように焼夷弾が降ってきた。当時の人口十一万のうち五万六千人が被害を受け、死者五百名を数えた。

平林平吉は、そんなことは知らなかった。姫路大空襲のころ、彼はフィリピンの野戦病院にいた。そして片脚切断の手術を受けた。帰還の途中、姫路の町が焼けたことを人づてに聞いた。だが城は無事で、奇跡的に弾一つ落ちなかったという。呉服町はそのお膝元であり、天下の名城に守られて、きっと爆撃を免れた——彼はそんなふうに思っていた。あとで知ったのだが、姫路市民のかなりの層が同じように考え、疎開を怠ったばかりに、大きな被害にあった。名城神話がつくり出した錯覚であって、アメリカ軍は正確に敵地を識別していた。由緒ある城はのこしたが、敵国市民の住まいなど容赦しなかった。爆撃は町の中心地に集中して、旧市街は壊滅、マル平一家は土蔵つきの店と運命をともにした。

呉服屋の七代目は、ちいさいときから機械が好きだった。町内の仲間が商業学校に進むなかで、神戸に出て工業高専に入った。その三年目、繰り上げ卒業の噂を耳にした矢先、家からの電話で、召集の電報が来たことを知らされた。

「リンジ　ショウシュウアリ　スグ　カエレ」

入隊まで一週間、二十歳になったばかりの青年は、あわただしい準備に追われた。頭は近所の床屋のオヤジが丸めてくれた。会う人ごとに励ましとも慰めともつかぬことばがかかる。町の在郷軍人会の世話役が、やたらと万歳を強制しながら引き廻すのに閉口した。父親は人前では「これでようやく一人前で」などと口にしたが、ウラでは渋い顔をしていた。母は赤飯を神棚にすえて泣いていた。

呉服町から本町の第十師団武器庫までは歩いてもすぐである。ずっと見慣れた赤レンガが、にわかに血の色をおびてきた。城北の姫路連隊の営門をくぐったとき、はじめてこの身が帝国陸軍に編入されたことを思い知った。十日ばかりの特訓のあと南の戦線へ送られた。

フィリピン基地では、すでに特攻攻撃が開始されていた。陸軍は特別攻撃隊〝富嶽隊〟あるいは〝万朶《ばんだ》隊〟などといった。海軍は神風特別攻撃隊〝聖武隊〟といったぐあいに命名されていた。機体を特攻型に改造し、内部に五百キロ、あるいは八百キロ爆弾をバンドでとめる。報道写真では検閲で消されたが、機首から槍のようなものがつき出ていた。前方銃座を外して、かわりにとりつけた信管である。敵艦に激突すると、信管が作動して機体内部の爆弾を爆発させる。

平林平吉はその腕を買われて特別機整備隊に配属された。機体の改造と信管のとりつけをする。そのはずであるが、すでに機体自体が底をつきかけていた。神戸にいたとき、毎日のように新聞で陸軍降下部隊の戦果を読んでいたが、前線にきてみると、すでに落下傘部隊には飛行機がなく、斬込隊に改編されていた。〃富嶽隊〃は艦隊攻撃用で、四式重爆撃機〃飛竜〃をそなえていた。しかし、総数わずか十五機にすぎなかった。一式戦闘機〃隼《はやぶさ》2型〃。九九式双発軽爆撃機など、名のみあって実物は待てど暮らせど届かなかった。それでも海軍に〃零戦〃が投入されて、戦果がはなばなしく宣伝されていた。

「神鷹特別攻撃隊の壮烈な殉国精神は、日本人のみがよく解し、よく為し得るところで、物量主義の敵米英をして今や、恐怖のドン底に落し入れている」

帝国大学教授で、電波兵器の権威とされた学者が、そんな論調をのせていた。その学者によると、特攻機は〃眼のあるV一号〃であって、「身機一体」となって真上から敵艦に突入する。「これこそすべての戦争科学を超越した絶対的な力である」。

上官は新聞を読み終わると、苦々しい顔で平吉にわたした。整備隊は〃眼のあるV一型〃などとはよばなかった。古代の槍式の信管と爆弾を連動させるのは厄介な技術であって、飛び立って以後はむしろ盲目の鉄の塊りというものだった。それはしばしば敵艦のはるか手前で、「身機一体」となって海中へ落下した。

特別隊員自身、そのことを知らないでもなかった。あるとき指揮官機と特攻機二機が飛び立ったが、前方に雲煙を認めて指揮官機は直ちに攻撃中止の指令を出した。自分たちに〝眼〟のないことをよく知っていたからである。だが二機はそのまま突入して指揮官機のみもどってきた。基地に帰ってそのことを知ると、指揮官はふたたび単機で飛び立った。戦果確認のためという理由だったが、整備隊にはむろん、そんなはずはないことがよくわかった。飛び立つ前、上官が声をかけると、平吉の目の前で指揮官はさびしげな笑みをもらした。この一件は、「指揮官還らず」の見出しで新聞の紙面を飾った。「……戦果も、行方もついに分らないが、その潔い行動と精神は戦果以上のものである」。

機体が底をついたのち、整備隊はレイテ島に送られた。戦闘のためというより、逃げまわるために行ったようなもので、平林平吉は部隊とともに行動中、突然、米軍の側面攻撃を受け、バリバリという機関銃の音と同時に左脚に激しい痛みを覚えた。地べたにへばりついたとたん、左足首を機関銃弾でくだかれた。

レイテ島のことは大岡昇平の『レイテ戦記』にくわしく語られている。ようやく逃げのびても、その後は栄養失調と餓死が待っていた。平林平吉は負傷したおかげで死は免れたが、フィリピン基地に送られ、左脚の膝から下を切断された。

戦争が終わって二年目に、厚生省が〝名誉の傷痍軍人〟のための保護対策立案にあたって、「さしあたりの大まかな数字」を公表したことがある。

肢体切断者　九三三〇〇

盲人　一八二五〇

肺結核　二〇〇〇〇〇

精神病その他を含めて戦争犠牲者　総計　三〇〇〇〇〇

平林平吉はその「肢体切断者」の一人として郷里の焼け跡にもどってきた。

私たちにとって平林平吉はマル平のおじさんだった。同じマルに平の字でも、老舗の呉服屋などではなく平和堂模型店といった。綿町の商店街がきれる手前にあって、猫の額ほどの小さな店だが、あらゆる模型と部品がそろっていた。私たちは鉱石ラジオのコイルの巻き方を習うために、毎日のように平和堂に通った。模型飛行機を高く飛ばすコツは尾翼のつけ方にある。

仕上げたのを持参すると、じっと見て、少し手直ししてくれる。

「ほなら、とばしにいこか」

すぐ隣りが旧練兵場だ。今は公園になっているが、そのころはだだっぴろい草地だった。表で待っていると、少し足をひきずるようにしてやってくる。左足が義足であることを知っていたが、べつに誰も気にとめなかった。平和堂の平吉おじさんは、私たちのヒーローだった。新式グライダー〝ヒラリン号〟は全国のコンクールで金賞をとった。それは雲よりも高く飛び、急降下してちゃんともどってくる。

「タイラバヤシか、ヒラリンか──」

平和堂は私たちの仕上がりを直しながら、よく歌うようにいうのだった。「平林」の姓を昔の人は、そんなふうにからかっていったそうだ。「──イチ・ハチ・ジューのモックモク」。

平の字解《じと》きをすると、一と八と十、林はモクが二つ。そういえば戦後の姫路の焼け跡をモク号が走っていた。瓦礫を運び出すため、町のどまん中に鉄道線路を仮敷して、機関車を乗り入れさせた。戦後の復興にあたって、それは珍しいアイデアだったのだろう。全国紙が大きく報道した。

「姫路市中心街での焼け跡整理」

そんな大見出しがついている。焼けのこったビルとバラック小屋のあいだを、機関車が煙を吐いて走っている。添えられた小見出しは、「二階町へ機関車を乗り入れて焼け跡の整理をする市民」。

当時の市長は原惣兵衛といった。たぶん機をみるに敏な、英断家のタイプだったにちがいない。戦災から立ち直るには町が地力をつけねばならず、そのためには市の拡大が不可欠と考えた。市東部の工業地帯は、あいかわらず飾磨市や広畑町であって、姫路は商人が昔ながらの小商いをする城下町にとどまっていた。

合併案が保守派の反対にあってすすまないとみるや、原惣兵衛は姫路市に進駐していたアメリカ軍の力を借りた。当時、占領軍の命令は絶対であって、進駐軍代表ラモート中佐の意向というかたちで案をきり出し、昭和二十一年三月、飾磨市、網干町、広畑町、白浜町などを合併した。姫路市は、のどから手が出るほどほしかった海岸部を手に入れた。面積は約二倍、人口は十一万から十七万に増加。国が町村合併促

毎日新聞社提供

進法を制定して、市町村の再編にのり出したのは七年後の昭和二十八年である。姫路はすこぶる先見の明があったわけだ。

「マル平の息子は知恵があるねェ」

おりにつけ私は母から、そんなことを聞いていた。もっとも、世にいう「ラモート合併」に平林平吉がかかわったわけではないだろう。二十代はじめの戦地帰りが政治に関与したはずはない。だが、焼け跡に機関車を乗り入れさせたのは、この機械の好きな復員兵だった。二階町の元マル平呉服店の広い敷地が臨時の車庫になった。播但線の和田山駅に眠っていた機関車を姫路に運ばせ、修理した。部品に苦労したようだが、特攻機の改造をおもえばたやすいことだ。新聞に出た〝モクモク号〟の写真には、線路わきに登山帽をかぶった平林平吉が立っている。走ってくる機関車に向かって、満足そうに笑いかけ、少しテレたようにからだをそらしている。

戦地帰りの青年は、外地で一生分の体験をした。そのせいか、ずいぶん老《ふ》けて見えた。私たちは〝マル平のおじさん〟などとよんでいたが、平林平吉は、まだ二十代の半ばだった。ある夏のことだが、いっしょに船場川へ泳ぎにいったことがある。平林平吉は草むらで義足を外すと、ふんどし姿のまま片足とびで川にとびこんだ。

そのあと、私たちはいたずらをして、義足を隠した。それは金属製で内部に白い石こうのようなものがはりつけてあった。持ってみて、見た目よりも、はるかに重いことに気がついた。義足を抱いたまま、草むらにひそんでいると、平林平吉は水から上がってきて、チラリと辺りを見まわした。それから片足で大きく跳んで、仰向きにひっくり返ると、妙なふしをつけて「タイラバヤシかヒラリンか——」を歌いだした。「イチ・ハチ・ジューのモックモク！」。私たちが声を合わせると、はねるように上半身を起こした。それから白い歯をのぞかせ、声をたてて笑った。いまにして思うのだが、あの笑いは、まさしく二十代半ばの青年の笑いだった。

「平和堂」の名前には、ひとしおの思いがこめられていたのだろう。ずっとあと、高校に入って、もうとっくに模型の店に縁がなくなったころのことだが、ある日、私は綿町筋を自転車で通っていてふと目にとめた。看板に幼いときは気づかなかった文字がある。平和堂模型店の「平和」の上に、小さく「創業昭和二〇年」と添え書きがしてあった。

## 照国の花屋

植村孝三郎は昭和七年（一九三二）、飾磨郡広村《ひろ》に生まれた。現在の姫路市広畑区である。名前からもわかるように三男坊で、生まれたとき体重がふつうの倍ちかくあった。幼いときから丸々とふとっていて、学校に入ると、さっそく「デブ」のあだ名がついた。

「おまえは鉄の子やな」

ものごころついたころ、父によくそんなことをいわれた。はじめは意味がわからなかった。綿のようにやわらかいデブっちょの自分が、どうして鉄の子などであるのだろう？　あるとき学校で教えられて気がついた。自分の生まれた年に「日本製鉄株式会社法」という法律ができた。「世界の列強」といったことばがしきりに口にされ、国をあげて軍備拡張に走り出した矢先である。国策として軍需産業が推進された。新しい法律は国と民間の共同による製鉄会社設立をうたい、ついては半官半民の日本製鉄株式会社がつくられた。

昭和十二年（一九三七）、政府は兵庫県飾磨郡広村に日本製鉄広畑製鉄所の建設を決定、四月から着工した。

植村家は代々の農家だったが、八反あまりの土地はすべて国に買い上げられた。幼いころ孝三郎は毎晩のように、家の座敷で会合がもたれるのをながめていた。買い上げというよりも、実のところはうむをいわさぬ接収であって、広村の農民は、わずかばかりの涙金と感謝状と引き換えに先祖代々の土地を失い、おおかたが新しく誕生した製鉄所の職工になった。

学年がすすんでも、あいかわらず孝三郎はよく肥っていた。当時、照国《てるくに》というアンコ型の力士がいて人気があった。これにちなみ、あだ名がデブからテルクニに変化した。製鉄所では年に一度、家族参加の運動会が開かれる。孝三郎はきまって相撲に引っぱり出された。いつも二回戦で負けて、すごすごと引きさがった。

「おまえは気が弱い」

父はよく嘆いた。

「やさしい子やからねェ」

母親はかばうようにいった。

「ほんものの照国かて、たまには負ける」

そのころ広畑製鉄所はすでに完成して操業をはじめていた。田や海を埋めたてて総面積四百六十万平方メートル。巨大な溶鉱炉から昼夜をとわずメラメラと赤い炎が立ち昇っていた。工場の一つには煙突が七本あって、見る角度により五本にも三本にも見える。「お化け煙突」が一本になる所があるかどうか、学校の行き帰りに仲間と議論をした。理科の先生によると原理的にはあるはずだが、広畑の場合はむずかしい。というのは、いちばんはしの煙突がやや離れており、ほかよりひとまわり大きいので、どうしても一つには合わさらないだろう——。

広畑製鉄所のまわりに次々と下請け工場や関連会社がつくられた。クラスの仲間たちは大半が社宅に住んでいた。よそ者には全部同じに見えるが、職工や職員の地位に応じて、つくりと大きさがちがっていた。幹部クラスの社宅は庭、応接間、ガレージつき。いわゆる「エライさんの家」であって、おりおりピアノの音が流れてきたりした。

戦争がひどくなって食糧事情が悪化したが、広村のテルクニはちっとも痩せない。

「おまえは水を飲んでもふとるやっちゃ」

父はまた嘆いた。みんなが代用食で我慢している時代にコロコロふとっているのは肩身が狭い。製鉄所の空き地は芋畑になった。鉄鉱も石炭も備蓄が尽きて、溶鉱炉の火が消えた。

孝三郎が十三歳のとき、戦争が終わり、新しい学制で中学の二年に編入された。国策会社日本製鉄は解体され、広畑製鉄所は民間会社富士製鉄として再出発した。

翌年の四月、クラスの全員に紙が配られた。家の人と相談して「将来の希望」を書いてくる。結果はおのずからわかっていた。「就職」にマルがつき、希望は「富士製鉄」だった。近くにはほかに大日本セルロイドや合同製鉄や日伸製鋼といった工場があったが、なんといっても富士製鉄が名門だった。元をただせば天下の「ニッテツ」である。大日本帝国の威光をおびている。かなりの者が親の縁故で就職が内定していた。問われると肩をそびやかし、胸を張って「ヒロハタ」と答えた。

植村孝三郎はエンピツを舐めながら思案した。それから「進学」の欄にマルをつけ、横に「農事試験所学校」と書き添えた。父も二人の兄も「ヒロハタ」に勤めていた。担任の教師は孝三郎を呼び出した。父も呼ばれた。

「農業をやりたいといっても、田んぼは一坪もないやないか」

と父がいった。

「だいいち、こんな学校、あらへんで」

と担任の教師はいった。二人して説得したが、いつもはおとなしい孝三郎が、頑固にうつむいたきり返事をしない。いったい、将来は何になりたいのかを問いただされたとき、孝三郎は蚊の鳴くような声で「花屋」と答えた。それからふとったからだを小さくして、じっとうつむいていた。

夢前川の河口と汐入川との間が富士製鉄の広大な工場地帯で、ほぼ中央を「正門通り」が北にのびている。通りの左右を碁盤目に仕切って社宅街がつくられていた。正門をはさんで夢前川寄りに東門と中門、西寄りに西門があり、その前を山陽電鉄網干線が走っている。

中学を出たあと植村孝三郎は毎日、これまでの仲間たちと逆の方向に自転車を走らせた。早朝、工場に向かう人の群れがとぎれることなく正門通りを南へと流れていく。そのなかを、ひとり彼は北へ向かった。山陽電鉄の踏み切りをこえ、社宅のあいだを抜けて、国道を右に折れる。夢前川にかかる橋を渡って少しいくと国鉄英賀保《あがほ》駅だ。これに乗って三年間、岡山との県境に近い上郡《かみごおり》の県立農業高校に通った。

ある日のもどり、国鉄網干駅に止まったきり列車がさっぱり動かない。当時、その種のことは日常茶飯事だった。植村孝三郎はホームの端に立ち、浜手から吹いてくる風に涼んでいた。夕もやのなかに工場群の煙突が点々と浮かんでいた。溶鉱炉に火がもどり、メラメラと炎が立っている。その上に煙が何重もの層をつくっていた。

「おやっ」と思った。海辺に近いお化け煙突が一本しかない。再出発した製鉄所は活気にみちていた。汐入川の河口を埋めたてて新しい工場をつくる計画がとりざたされていた。しかし七本煙突が取り壊されたなどの話は聞かない。孝三郎は栽培中の花壇を検分するような目つきで浜手を見やりながら、ゆっくりとホームを歩き出した。一本きりの煙突が二本に分かれ、ついで三本になった。ホームの逆の端までくると、ちゃんと七本が揃っていた。

ときおり中学のときの同級生と出くわした。正門通りの流れの中から「テルクニ！」と呼びとめられた。孝三郎はあいかわらず丸々していて、顔も丸顔、まん中に少し上を向いた鼻がのっている。自転車をとめてキョロキョロしていると元同級生が近寄ってくる。見違えるように大人びた顔をしており、制服の胸のポケットからタバコの「いこい」をとり出すと、気どった手つきで二、三度、親指の爪に打ちつけてから口にくわえた。なぜ農業高校にしたのかと会うたびに問われた。

「これからは工業や。農業は先細りやな」

富士山をかたどった胸のバッジを誇らかにキラめかした。

「テルクニはほんまにあかんやっちゃ」

相撲の照国は横綱になったが、たいした成績ものこせないまま、あっけなく引退した。

将来は花屋になりたいなどと、なぜ言ったのか、孝三郎自身にもわからなかった。ただ「就職」のところにどうしてマルをつけなかったのかは自分にもわかっていた。ある日のこと、上司を案内して中門を出てくる兄の姿を見たからだ。雨が降っていた。工場の制服姿の兄が傘をさしかけていた。若い上司の顔に見覚えがあった。兄の同級生で、家に何度か遊びにきた。兄は中学卒で就職したが、同級生は京都の大学を出た。幹部候補生として工場視察にやってきた。若い上司は迎えの車に乗るところだった。相手に傘をさしかけ、兄の背中は雨にぬれていた。制服が半分がた変色している。車のドアを閉めると中腰になり、ペコペコと何度もおじぎをした。車が走り去るまで、雨の中にじっとつっ立っていた。

中学三年になった春、その兄につれられて映画を見にいった。姫路の総社の境内に「聖林《ハリウッド》」という映画館があって、アメリカの人気俳優ミッキー・ルーニィ主演の「街の人気者」をやっていた。青年ルーニィに恋が芽ばえて、毎日、赤いバラを胸に差して恋人に会いにいく。

「アメリカ人は花が好きやなァ」

映画から帰りの電車のなかで兄はポツリとそんなことをいった。そういえば画面にうつるアメリカの街には花があふれていた。ショーウィンドウは花で飾られ、家々の玄関先にきっと花壇があった。通りには美しい並木がつづく。伊達男ルーニィは白い花を捧げて愛を誓った。のちに農業高校の園芸の時間に、映画で見た白い花が「ガーディニア」だったことに気がついた。和名は「くちなし」。白い清楚な形と香りから、花言葉は「永遠」。将来の希望を問いただされて、おもわず花屋と答えたのも、「聖林」の記憶があずかっていたらしかった。

上郡の農事試験所に五年ばかり勤めてから姫路にもどり、孝三郎は広畑区の一角に小さな花屋を開業した。店の名前が「照国園《しょうこくえん》」、看板には上にまっ赤な太陽が照っており、赤や青や黄色の花々に笑いかけている。

肥ったからだに胸つきのエプロンをつけた店主がゴム長をはいて、いつも忙しげに働いていた。昭和三十年代の半ばである。所得倍増が叫ばれ、洗濯機やテレビがとぶように売れた。建て直された家はきっとガレージつきで、社宅の狭い前庭にも月賦の小型車があらわれた。人々の暮らしの中に、はじめてモノとカネとが押し入ってきた。

照国園の窓ガラスには、姫路の映画館で上映中の映画のスチール写真が貼ってあって、横に手書きのポスターが添えられていた。それが週ごとに変わっていく。

「ダイアナ・ダービンのハートを射とめた蘭の花!」

映画「春の序曲」ではダイアナ・ダービンが可愛い小間使いに扮していた。崇拝者が次々とやってきて夜の食事に誘うのだが、とどのつまりはセロファンにつつまれた大輪の蘭が心をとらえた。西洋名を「オーキッド」といって、花言葉は「忠実」。

「晴れて今宵は」「恋の十日間」「永遠の処女」……。ポスターにつけられた説明によると、紅バラは「心のときめき」を暗示する。かつてのシャレ者は白椿を耳たぼに飾ったという。白いヴェールの花嫁は白いオレンジやカーネーションをつける。「清純」を意味するからだ。まだ前髪の高校生にはマーガレットがよく似合う。

あるときから小柄な若い女性が照国園の店先に見られるようになった。花の縫いとりのあるエプロン姿でクルクルとよく動く。はぎれのいい東京弁が評判になった。それ以上に、赴任数年で本社に帰っていく「エライさん」の娘が、地元の花屋と結婚したのがとりざたされた。そのハートを射とめるのに、はたしてどの花が役立ったのか。ぶきっちょな花屋はダイアナ・ダービンの場合にならい、蘭の花をセロファンにつつんでいったのだろうか。

そのうち、植村孝三郎が奇妙なことをはじめた。製鉄所の空き地にキョーチクトウの若木を植える。まわりを花で囲い、芝生をそえた。麦わら帽にゴム長、首に手拭いを巻いた肥った男が、自転車で毎日、水をやりにくる。キョーチクトウがすくすく育って、やがて葉をしげらせ、芝生に傘状の陰をつくった。昼の休みや、三交代制のアキの時間に、職工たちはその日陰で昼寝をした。キョーチクトウの甘い匂いと規則正しいいびきとが、青空の下に流れていた。

昭和四十五年（一九七〇）、「人類の進歩と調和」をスローガンに大阪万国博が開かれた。経済企画庁はわが国が国民総生産（ＧＮＰ）においてアメリカにつぎ自由世界第二位と発表。「ディスカバー・ジャパン」が時代の合い言葉だった。とともに公害問題がいっせいにふき出した。この年、八幡製鉄と富士製鉄が合併して新日本製鉄が誕生した。


いま播磨工業地帯を取り巻いて、長大な「グリーンベルト」が走っている。はじまりは山陽電車の南寄りの小さな一画だった。それが製鉄所全域にひろがり、さらに東西にのびる工場地帯へと断続的にのびていった。幅百メートルから二百メートル、長いものは一キロにも及ぶ。そんな緑地帯が住宅地を工場の煙や悪臭から守っている。グリーンベルトは必ずキョーチクトウの一群をもっているので、社宅のつづく辺りには、夕方の浜風とともに甘い匂いがただよってくる。

緑の帯の生みの親は、その完成を知らずに逝った。もともと心臓が弱かった。ある夏の日の午後、麦わら帽子をかぶって花壇の手入れをしている最中に倒れた。そのとき植村孝三郎はどんな映画を思い出しながら作業をしていたのだろうか。つみとったうす桃色のひな菊を一輪、耳にはさんでいた。ジェラール・フィリップ主演の「夜の騎士道」によく似たシーンがあったから、もしかするとフランスのイロ男を気どり、小声でシャンソンを口ずさんでいたのかもしれない。

## 十銭版画

版画家小野忠重は版画史の研究でも知られている。彼は明治末年から大正にかけてはじまったわが国の近代版画を、江戸以来の浮世絵と区別するため「創作版画」の名でよんだ。それが全国にひろがるにあたっては竹久夢二の存在が大きかったという。夢二におなじみの大きな瞳に愁いをたたえ、やや首をかしげた女性像は、木版刷りの一枚絵、あるいは機械刷りの絵はがきとしてひろく出まわり、当時の青年たちの夢のブロマイドになった。

遠井佐和子は幼いころの記憶にとどめている。廊下に一つ、父の部屋にもう一つ、ガラスつきの額に入ってかかっていた。廊下のほうは赤い着物に白いエプロンをつけた女性の上半身で、手にお盆のようなものをもっていた。もう一つはモダンな洋装の女で、川のほとりのパラソルの下に立っていた。

子供心にそれがとりわけ印象深かったのは、およそきわ立っていたからである。家の中で、まるきり別の雰囲気をもっていた。姫路の野里筋はお夏清十郎の比翼塚のある慶雲寺をはじめとして寺が多い。応じて仏具屋、墓石屋が軒を並べている。あるいはお参り客をあてこんだ小さな呉服屋、眼鏡屋、金物屋、和菓子屋……。

そんな古い町並みのなかの郵便局である。正式にいうと三等郵便局に区分されるもので、職員は父と母の二人きり。母が窓口にすわり、父が金庫番、あるいは電信や電報を打つ。四方は黒い壁で、窓に鉄格子がはまっていた。窓口にも木の格子がついていて、父と母はまるで牢屋にいるように見えた。正面には先の逓信《ていしん》大臣直筆という「勤倹貯蓄」の文字額が、ものものしい総《ふさ》つきでかかっていた。

そんなわが家のなかで赤い着物に白いエプロンが眩しかった。パラソルの下の女がお伽噺の人のように見えた。トイレにいくたびに佐和子は廊下に立ちどまり、背のびをして見上げていた。寝る前「おやすみなさい」をいいに父の部屋へいく。ふすまを細目にあけると目の上に美しいパラソルが見えた。いつも少しぐずぐずして上目づかいに眺めていた。父は背を丸め、あぐらを組んで小机に向かっていた。あきらかに昼間とはちがう仕事をしていた。昼間は両腕に黒い袖カバーをつけ、ペンで通帳に書き入れたり、証書にハンコを捺していた。電信機のキーをたたいている。それが同じく黒の袖カバーをつけていても、手にはペンではなく丸いノミのようなものを握り、板を削っていた。部屋中に新聞紙を敷いて絵具を溶いていたこともある。

何よりも顔つきがちがっていた。昼間の父はいつも不機嫌で、仏頂づらをしていた。佐和子が顔をのぞかせると、刺すような目でにらみつけて追い払った。それが夜の明かりの下では目がキラキラ輝いていた。満足そうに頬をふくらませたり、小声で何やらハミングしていることもあった。削りかすを払いながら、両手に入るほどの小板を電燈にかざして、しげしげと見つめている。佐和子の「おやすみなさい」にウワの空の返事をした。

創作版画の歴史をつづった小野忠重の著書の一つは『版画の青春』というタイトルをとっている。山本鼎《かなえ》、恩地孝四郎、永瀬義郎、平塚運一、川上澄生……。いずれも近代版画史に名をのこした人々である。それぞれがグループや集団をつくり、作品発表の場として版画雑誌を出した。小野忠重はそれらをまとめて「連刊版画集」と名づけた。何号かつづけて刊行され、雑誌がめいめいの版画集の役まわりをもっていたからである。篤実な研究家は全国の版画誌を丹念にあつめた。そこから『版画の青春』の一章、「連刊版画集の若ものたち」が生まれた。

遠井佐和子がこの本を手にとったのは京都の美術大学の三年のときである。美術史担当の教授にすすめられて図書館から借りてきた。何げなく全国の版画誌一覧をながめていて、おもわず佐和子は「アッ」と小さな声をあげた。昭和七年（一九三二）、ちょうど彼女が生まれた年のことだが、その年に創刊された版画誌が北から順に掲げてある。青森、仙台、福島、東京、静岡、――。いかに当時、版画という表現ジャンルが全国の若者の心をとらえていたかがよくわかる。

「大衆版画」京都・大衆版画協会（徳力富吉郎）刊　八月創刊　オリジナル貼付誌

おもわず声をあげたのは、つぎの個所に父の名前を見つけたからだ。

「十銭版画」姫路版画倶楽部（遠井忠雄）刊　台紙貼二折にオリジナルを収める

二号のみ経目

雑誌式に背中をかがらないで、二つ折りの台紙にはさんだらしい。「二号のみ……」の注は、編者が実物を見たのは二号だけである旨のことわりである。小野忠重は無名に終わった版画家たちの作品も丁寧にあつめていた。とすると「十銭版画」も、少なくとも二号はコレクションに収められているかもしれないと担当の教授はいった。

佐和子が油絵から版画にうつるといったとき、母親はいぶかしげな顔をした。これまでずっと本格的な油絵の夢を語ってきたではないか。

「アタシャ、才能がないってわかったもンね」

少しばかりおどけた口調でいった。しかし、半分は本心だった。中学や高校のときは気がつかなかった。絵が上手だとほめられてきたし、何度か公募展に入選した。それなりの自信と自負があった。しかし美術大学に入ってわかったのだが、自分と似た人はいくらもいる。器用で、巧みにまとめ、何を描いても失敗はしない。だが、ハッとするようなひらめきや、とっ拍子もない大胆さ、ひと息で見る者をとらえてしまうスタイルがない。それは学んで得るものではなく、生まれながらにそなわっている何かと関係しているらしい。

夏休みに裏の土蔵にもぐりこんだ。姫路の野里一帯は戦争末期の空襲を免れたので、古い家並みがそっくり残っている。若い佐和子は、つねづねそこから逃げ出したかった。低い天井、厚い土壁、重たげな屋根瓦が煩しかった。父のいない家にかぶさってくる昔ながらの町内の因襲に反発した。

父は昭和二十年（一九四五）四月に召集を受けた。敗戦の四カ月前である。郵便局長という職務柄か、主計官補佐として軍需工場に配属され、アメリカ軍の大空襲で川西航空機が全滅した際、巻添えをくって焼死した。殺されにいったようなものだと、母親はくやし涙を流した。佐和子が八歳のときである。だから彼女には父の記憶は、黒い袖カバーをつけ背中を丸めて机に向かっている姿しかない。昼間は鉄格子つきの陰気な郵便局、夜は小さな明かりの下でハミングしながら小机を抱くようにしてすわっている――。

土蔵に特有のカビた匂いがした。外より多少は涼しげだが、それでもたちまち全身に汗がにじんできた。郵便事務の書類が紐でくくって積みあげてある。戦後、母が局長代理になって郵便局を再開した。女手一つで佐和子を育てあげた。古証書の束のとなりに「勤倹貯蓄」の額がホコリをかぶっていた。

佐和子には、おおよそ見当がついていた。奥の棚に紙袋入りの包みが三つかさねてある。母にたのまれて書類を探しにくるたびにそれを見ていた。天井の明かりとりから光が射し落ちて、そこだけが奇妙に明るい。包みの背中にS7、S8、S9と書き入れがある。古証書の束を踏み台にして佐和子は手をのばした。包みの一つをもちあげたとたん、ワッとホコリが舞いあがり、射し落ちてくる光のなかでキラキラ光った。微粒子のような極小の生きものが、突然、不思議なダンスをはじめたかのようだった。

小野忠重は「連刊版画集の若ものたち」のなかで刊行誌の一覧をかかげたあと、これ以後も創作をつづけた人には「若き日の姿」をつたえるものだが、おおかたの場合は「ここにのみオリジナルな作例をのこすといったていの、創作版画のいわば青春の軌跡」であったと述べている。「十銭版画」もそんな一つだったのだろう。S（昭和）7・8・9年分しかないのは三年で終ったからにちがいない。表題の下に心臓をデザインしたような飾りカットがあって、「詩と版画」と添え書きがされている。遠井佐和子はそっと表紙をめくった。小野忠重は「台紙貼二折にオリジナルを収める」と注記しているが、少なくとも創刊号は薄いながら雑誌式に背がとじてあった。巻頭に詩がのっている。あるいはむしろ詩のようなもの。佐和子はおもわず声をたてて笑った。

目がなくとも
鼻がなくとも
かまふもんか。
進め！

勇壮な出だしだが、タイトルは「蚯蚓《みみず》の詩」。くねくねもがいているミミズを詩人が懸命にはげましている。

手がなくとも
足がなくとも

かまふもんか。

からだをのばし、ちぢめ、またのばし、またちぢめて一寸でも前へ進め。さあ、行けというのだから、笑わずにいられない。作者の名前を見て佐和子は首をひねった。木山捷平――わずかだが見憶えがある。井伏鱒二の友人とかで、いたって地味な小説を書いた人だ。たしか若いころ姫路にいて、姫路師範学校を卒業した。

貼りつけた版画はノリが乾ききってはがれ、ななめに台紙にかかっていた。ノリのあとがこげ茶色に変色している。雑誌自体がごく少部数の発行で、刷りあげたオリジナルを一つ一つ手で貼っていったのだろう。下に細いペンで「ボートの中」とタイトルがついている。あきらかに父の字だった。

「お城の堀のボートかな」

戦前もあったかどうか佐和子にはわからなかったが、ふとそんなことを思った。カンカン帽をかぶった紳士が両手にオールを握り、向きあって若い女性が両手を膝にのせてすわっている。厄介な構図だが、巧みに様式化してまとめてある。佐和子にはコマスキ（丸刀）で彫ったことがわかった。版画の授業で習ったばかりである。丸ノミともいう。ボートの左右に太い波が模様のように入れてあって、全体の線のリズムからも、すべてをコマスキ一本で彫りあげたことがうかがえた。

「コーモリ傘の骨を折って、先っぽを研《と》いでコマスキのようにしたんですよ」

父と同世代の版画講師はそんなことをいった。コマスキだけでは幅のひろい凹みができないので、自分で鍛冶屋をやって丸ノミやアイスキ（平刀）をつくったという。台紙に貼られたもう一点には「犬」のタイトルがついていた。佐和子の幼いころ、わが家に犬がいたことを母から聞いたことがある。

「これがそうか」

老犬が寝そべっている。耳を垂らし、目尻にシワをよせ、前の人を凝視した顔つき。やはりコマスキ一本のみの仕上げ。創刊号にこの二点が入っているのは、父にとって、とりわけ気に入っていた作品にちがいない。ハミングの声を耳元で聞いたように思った。佐和子にも覚えがあるが、会心の作が仕上がったとき、おもわずハミングしたくなるものなのだ。

遠井佐和子は美大を卒業して中学校の美術教師になった。自分の才能に似合いのところと考えていた。画学生は卒業制作をのこしていくものだが、佐和子はとくに願い出て論文を提出した。タイトルは小野忠重の著書を借りて「版画の青春」とした。その許可を求めて東京の小野忠重に手紙を出したところ、丁寧な返事がきた。版画史研究家は姫路で刊行された版画誌をよく覚えており、その消息が知れたことをわがことのようによろこんだ。「十銭版画」は三年にわたってつづけられ、同人は計六人。そのうちの三人までが、住所・姫路市新在家・姫路高等学校北寮内とある。旧制姫高の学生グループが中心になり、そこに版画好きの郵便局長が加わったのだろう。発行の便宜上、遠井忠雄が発行人になったものと思われる。

父がどのようなきっかけから版画をはじめたのかはわからない。コーモリ傘の骨でコマスキをつくった版画講師によると、かつてはおおかた独学であって、永瀬義郎著『版画を作る人へ』といった手引き書を教科書にしたそうだ。油絵が金持の子息の優雅なたしなみであったのに対して、版画は貧しい者でも手製のノミと板きれ一枚でできる。刷りのときに「バラン」といった小道具を使うが、版画講師は茶わんのふちをあてがってバランに代えた。父もおそらく、そのようにして刷ったのだろう。祖父の代からの郵便局であって、早くから三等郵便局のあとつぎを運命づけられて父は、これ一つにすがるようにして創作版画に打ちこんだのではなかろうか。佐和子は「十銭版画」所収の父の作品を翻刻して自分の卒論に貼付した。身びいきはさっぴいても立派な作品と思ったからだ。構図、線、全体の諧調にわたり、いうにいわれぬ魅力があった。テーマは日常的な素材でも、何かをはげしく求めた人間に特有のきびしい緊迫感がみなぎっていた。

どうして三号のみで終わったのか。佐和子は学生グループが卒業して寮を出ていき、姫路をはなれたせいだと考えていたが、小野忠重はべつの仮説を書いてきた。昭和四年（一九二九）に日本プロレタリア美術同盟が創立され、版画家の多くがこれに加わった。「十銭版画」創刊号が出たのは上海事変のあった年であり、軍部の独走はもはやとどめられない。ついで五・一五事件が起こり、首相犬養毅が殺される。国家統制が強行され、左翼への激しい弾圧がはじまった。

「——旧制姫路高校の寮が手入れを受けたといった記録はありませんか。版画好きは大半がプロレタリア運動にかかわっていましたからね」。

手紙にはそんなことが書かれていた。たしかにかつての旧制高校の校史には昭和十年（一九三五）のくだりに「姫高生ストライキ」の記事がみえる。三名が放校、八名が停学処分を受けた。郵便局長遠井忠雄が世の動きにどれほどかかわり、どのように対処したのか不明である。保守的な町にあって、小さな郵便局と小さな家族を守りつつ、ひっそりと板を刻んでいた。

「それにしても『十銭版画』とはたのしい命名ですね、いかにも郵便局の方らしい」

小野忠重は手紙の終わりにそんなことを書いていた。当時、十銭あると、映画を見てお茶を飲み、大福餅が食べられたそうだ。

## マッチ一本

アンデルセンの「マッチ売りの少女」は寒い大晦日の夜、往来でこごえていた。夜がふけたとき、売り物のマッチをすって指先をあたためる。あたたかい、明るい光が小さなローソクのようだった。火に手をかざしていると、ぴかぴか光る真鍮の大きなストーブの前にすわっているような気がした。足もあたためようとしたとたん、炎が消えてストーブも見えなくなった。

——女の子の手には、もえさしの短いマッチの棒が残っているばかりです。

三橋公介は机の上に両手を組み、その上に顔をのせて一心不乱に聞いていた。小学五年のときである。担任の教師は国語の授業中、おりおり本を読んでくれた。セリフの個所になると、ちゃんとそのような口調で朗読する。

——女の子は、またもやマッチを壁にこすりました。すると、あたりがパッと明るくなって、その光のなかに年とったおばあさんが立っていました。

「おばあさん！」

と少女はさけびました。

「さあ、わたしをつれてってちょうだい。だっておばあさんはマッチが消えたら、また行ってしまうのでしょう。あのあたたかいストーブや、がちょうの丸焼きや、あのきれいなクリスマス・ツリーみたいに」

そういって少女は、手に持っていた残りのマッチを、大いそぎで壁にこすりつけました――。

物語のおしまいは、よく知られている。夜が明けて新しい年の太陽が昇ったとき、凍《い》てついた石畳の上に小さな亡きがらがうずくまっていた。その足元に、もえさしのマッチの棒が散らばっていた。

三橋公介には、ひとつわからないことがあった。マッチ売りの少女はどうしてマッチを「壁にこすりつけ」たりしたのだろう？　そんなことをすれば、マッチのあたまがハゲハゲになってしまうだけではないか。火がつくどころか、うっかりすると棒がポキリと折れてしまう。

その夜、晩酌中の父親にたずねると、それは「まさつマッチ」だといわれた。あたまの燐がちがっていて、何であれ摩擦するだけで火がつく。

「壁でも？」

「ああ、壁でも柱でも。公介の頭でもナ」

そういうなり父親は腕をのばして、公介の丸刈りの頭を指先でシュッとやった。そして親指と人さし指でマッチの棒をつまんでいる手つきをした。摩擦マッチは危険なので会社ではつくらない。

「安全マッチだけや」

中学に進んだ正月休みに、公介はアメリカ映画で摩擦マッチの実物を見た。西部劇のガンマンがもっていた。ひげづらの荒くれ男が酒場に入ってくるなり葉巻をくわえ、足にはいたドタ靴のかかとでマッチをすった。すぐあとのシーンでもマッチが出てきた。荒くれ男がイヤがらせに恋敵の頬ぺたでマッチをシュッとやった。とたんに笑っていた相手の顔がひきつり、ひと騒動がもちあがった。なるほど、摩擦マッチは危険だと、公介は考えた。

公介の父親の工場は姫路の網干にあった。祖父が神戸のマッチ工場で修業をしてきて、帰郷して開いたものだ。海沿いに軒をつらねたマッチ工場のなかでも、もっとも古い一つだった。

「スウェーデンのマッチ王にひと泡ふかせた」

ものごころついたころ、公介は祖父から何度もその話を聞かされた。

日本のマッチ産業は大正期に大いにのびた。第一次世界大戦でヨーロッパが戦場になり、マッチ王国スウェーデンの輸出がとだえている間に漁夫の利を占めたわけだ。大戦が終わり、海外市場が縮小すると、たちまち生産過剰におちいって値が急落した。そこへスウェーデン・マッチのトラストが大攻勢をかけてきた。世界のマッチメーカーを傘下におさめ、一大シンジケートをつくろうというのである。資本力の弱いわが国のマッチ業界はたちまち席巻《せっけん》されて、当時の全生産量の七五パーセントがスウェーデン・トラストに乗っとられた。

祖父は徳用マッチの発明で苦境を切り抜けた。軸を二列に揃えて入れ、フタの中央を長方形に切りとる——たったこれだけのアイデアだった。それがすこぶる使いやすい。片手で軸木をとり出して、片手ですれる。暗い土間や仕事場で重宝がられた。

「マッチと同《おんな》じで、あたまで勝負や」

そういいながら祖父は五分刈りの白髪あたまをひと撫でした。もっとも、公介がずっとあとで知ったところによると、家庭用徳用マッチのアイデアは文字どおり家庭の主婦からいただいたそうだ。それまでのバラ詰めの大箱マッチは、軸がてんでバラバラに詰まっていて、取り出して使うに先だち、まず頭をたしかめなくてはならない。たいていは二度、三度と失敗したのち、軸木を逆にしてやっと火がついた。そのため燐が無駄に摩滅して、マッチがあっても火がつかない。

祖父は軸列機を考案した。戦後、息子と工場を再開したとき、箱詰めは機械にゆだねた。詰め方にも工夫をこらした。まん中のフタを切りとると、軸木のあしが二列に「きょつけい」をした小学生のように並んでいた。左右の列に一本だけ、逆さになったのがまじっている。

「へんこつもんや」

ハミ出しが一つあるほうが列のぐあいがしっくりいく。マッチを使う人にも、いっそう詰めぐあいがわかりいい。そのころ、台所はたいてい土間の奥にあって昼でも薄暗かった。せいぜい天窓から細い明かりが降ってくる。夕方になると早々と闇に沈んだ。そんななかでの炊事は、マッチ一本からはじまった。手さぐりで箱からとり出してシュッとひとすり、赤い小さな炎から夕餉の支度がはじまった。

「マッチ箱には火がつまっとる。炎のカケラの貯金箱やなァ」

祖父は死ぬまで、なかなかモダンな人だった。

夏のあいだ、マッチ工場は猫の手を借りたいほど忙しい。網干から白浜にかけての広大な砂浜は軸木の乾燥にうってつけだった。大勢のアルバイトがやってきた。おおかたは大学生で、工場わきの宿舎に泊りきりになる。

昭和二十八年(一九五三)、いぜんとして不況がつづいていた。「デフレ」といったことばがしきりに口にされた。時の通産大臣池田勇人は景気対策の遅れをなじられたとき、「中小企業の倒産、自殺もやむをえない」と答弁して不信任をつきつけられた。放言というより、おもわず実状を述べたまでだった。

そんななかでテレビが街頭にあらわれた。電気冷蔵庫が登場、電気洗濯機が急速に普及した。「電化元年」がいわれはじめた。

大半の学生はアルバイトでしのいでいた。播州にはマッチ産業という絶好のバイト口がある。公介の父の工場にも毎年七月に入ると、十人ほどがやってきた。ひと夏すごすと火薬のようにまっ黒になり、一段とたくましくなって帰っていった。

モリカワさんはそんなアルバイト学生の一人だった。おおかたが一年かぎりなのに、モリカワさんは三年つづけてやってきた。三年目には高校受験をひかえた公介の家庭教師を買って出た。勉強にひと区切りがついたころ、姉の恵美がお茶とせんべいをもってくる。モリカワさんはせんべいをかじりながらしばらく黙っている。それからふとたずねたりした。

「公介クンは将来、何になりたい?」

父のあとを継いでマッチ工場に入る。漠然とそんなことを考えていた。父からつねづね、三代目を申し渡されたせいもあった。

浜の夏は夕なぎどきが、いちばん暑い。夜八時をすぎると海風が吹いてくる。公介の部屋は二階にあって沖が見えた。別府航路に運航をはじめたばかりの大型客船が、満艦飾の明かりをつけてしずしずと沖合いを通っていく。新婚旅行に大人気のコースで、ひと晩の船旅で翌朝、別府港につく。

モリカワさんはお茶を飲みほすとタバコを一服した。昼間のきつい労働のあいだ、お尻のポケットに入れていたので、タバコは函ごとクニャリと曲がっていた。曲がったのを指先でのばして、親指の爪の上で二、三度はねさせる。タバコのかなりがこぼれていて、上に一センチばかりのすきまができた。マッチの火を近づけると、そこがポッと燃えあがった。

モリカワさんはきれいな手をしていた。陽灼けして色は黒いが、指は細くて長い。宿舎にギターをもってきていて、休みのとき、よく弾いていた。マッチをするときも。指の形がいいと公介は思った。徳用マッチからとり出して軽くつまむ。親指と人さし指と中指、あとは軽く添えるだけ。ギターを弾くときの手つきとそっくりだった。軸木を動かすか動かさないかで、ポッと火が燃え立った。一本だってムダにしない。

同じ宿舎にいる学生のなかには、マッチをするとき小指をキザっぽくピンとのばしている人がいた。きまって何度もすりそこなって、そのままポイと捨ててしまう。わざわざ自分の方に向けてマッチをする人もいた。とたんに軸がポキリと折れて、火のついた先っぽが胸元にとびこんできたりする。どうせどっさりあるからというのだろう、三本ばかりをつまみ出して一度にする学生もいる。ワッと大きな炎が立って、自分の鼻をこがしたりする。

モリカワさんは決してそんなことはしなかった。タバコに火をつけたあとも、小さな炎が燃えつきるのをじっと見つめている。マッチのあたまが赤い玉になり、それがみるまに黒く、ついで白くなってポトリと落ちる。

「炎のカケラの貯金箱か——」

祖父ゆずりのキャッチフレーズが工場の壁に貼ってあった。モリカワさんはクスクスとひとり笑いしてから、まじめ顔になって公介にいった。

「いずれマッチはダメになるよ」

公介がけげんそうな顔をしたのだろう。そこに少年の不安を見てとったのかもしれない。モリカワさんはあわてたように説明を加えた。「電化元年」というとおり、これからは電気の時代になる。汽車から電車、薪から電熱、氷から電気冷蔵庫、同じように発火装置もいずれ電気製品がマッチにとって代わる。それが証拠にスウェーデンのマッチ王は目はしがいい、はやばやとマッチから撤退した——。

イヴァール・クロイゲルといった。もともと建築技師だったが、建築家から実業家になって、世界のマッチ王とうたわれた。ヨーロッパの財界の大立物だが、十年前にマッチから手をひいて電気業界にのりかえた。「クロイゲルの目は、誰もが右を見ているとき左も眺められる」、そんな言い方がスウェーデンの新しいことわざになったほどだ。

夏の終わり。軸木の乾燥も一段落してアルバイト学生が帰っていく。その前夜に恒例の慰労会が開かれる。中庭に毛せんを敷いて、その上に三橋家が用意した手料理が並べられる。祖父の代からの習わしだった。酒もビールも飲み放題で、火薬のように陽灼けした顔が、そのうち燃え立ったタドンのような色になる。

その年の慰労会を公介がとりわけ鮮明に覚えているのは、モリカワさんがギターの弾き語りをしてくれたからだ。はじめは「バイカル湖のほとり」や「ヴォルガの舟歌」といったロシア民謡だった。父が流行歌の「芸者ワルツ」を歌いだしたとき、苦笑しながら伴奏してくれた。三本マッチすり常習犯の学生が思い入れたっぷりに「ベサメ・ムーチョ」をがなっているあいだ、モリカワさんは眉をひそめるようにしてギターの調律をしていた。
「よ、とっておきの大一番！」
そんな声にはやされて立ち上がり、かたわらの椅子に腰をすえた。シャンソンだとモリカワさんは小声でいった。パリの恋歌。低い声だったが、何かこみあげるような力があって、まわりの掛け声がパタリとやんだ。かわって夜の波の音が耳についた。
「三本のマッチを
　夜のなかで
一本ずつする」
公介には、まるで聴きなれないメロディだった。弦をはじく指先を見つめていると、モリカワさんがマッチをするときの手つきを思い出した。気がつくと姉の恵美がエプロン姿のまま、明かりのはしの薄闇のところに佇んでいた。
「はじめの一つは
　きみの顔を見るため」
モリカワさんはいい声をしていると思った。低音で、しっとりとした潤いがある。キザな歌だが、キザっぽくきこえない。

「つぎの一つは　きみの目を見るため
最後のマッチは　きみの唇を見つめるため
のこりのくらやみは
今のときを思い出すため」

この夜、記念にとった写真があるが、全員が酔いつぶれ、頬をくっつけ合ったり、片足をあげたり、てんでに勝手な格好をしている。宴の終わりに撮ったせいだろう。モリカワさんはいちばん前で両肘に顎をのせ、目を細めて笑っている。

翌朝、見送りにきた公介に、モリカワさんはクロイゲルの名前をささやいた。誰もが右を見ているときに左も見ること。マッチが売れなくなったら、ただで売ればいいではないか。

「ただで？」

「小さくすると広告用にきっと売れる」

百円ライターが登場してマッチの没落がささやかれたとき、紙製マッチ箱があらわれて凋落をくいとめた。ついで華やかな広告マッチ時代が到来する。誰もがマッチ箱を経木づくりと思いこんでいたなかで、公介は中箱の引き出しを紙製にした。引き出し貼機を考案した。つづいて軸木も紙でつくって同業者をアッといわせた。

業界紙の記者にアイデアのもとを問われたとき、公介は二つの名前をあげた。

「クロイゲル氏とモリカワさん」

「共同研究ですか？」

若い記者は、かつてのマッチ王など知らなかった。

モリカワさんはあの年かぎりで四年目はアルバイトにこなかった。

「恵美が好きだったみたいだナ」

夕食の酒を飲みながら父がポツリといったことがある。モリカワさんは長崎生まれで、旧制中学のとき原爆で両親を失った。老いた祖母と二人暮らし、その祖母が佐世保にいた。そんな家庭の事情が片思いにとどめたらしい。

「マッチみたいな男やった」

父親はひとりごとのように呟いた。どうやらマッチのひとすりのように、パッと炎をあげて目の前から消えたという意味らしかった。

# 釜の尻

　啓一はちいさいとき、ずいぶん恐がりだった。とりわけ闇が恐かった。暗いところには何かえたいの知れないものがひそんでいる。そんな気がしてならなかった。夕方になると、重苦しい気分になった。風があって庭の木が音をたてたりすると、なおのことおびえた。

「あかんたれやなァ」

　父はよく舌打ちするようにしていった。

　そしてわざと夜の用をいいつけた。回覧板をお隣りへもっていく。啓一が回覧板をかかえたままうつ向いていると、背中を押すようにして外へ出した。

　隣家まで五十メートル。あいだに小さな池と畑がある。池のうしろに杉の大木がそびえていて、小さな祠《ほこら》がまつられていた。啓一は黒々とした杉の木が恐かった。祠に誰がともしたともしれない灯がともっていて、いまもチロチロ燃えているような気がした。畑の上を白いフワフワしたものがうろついている。白いのはネギの根っこだとわかっていても、無数の目玉がにらんでいるようで怖ろしい。

隣りの家の戸口にそっと回覧板を立てかけると、真一文字に走りだす。やにわに背中からかぶさってくるものがいた。いつのまにかネギ畑が途方もなく広がっていて、わが家がはるか遠いのだ。杉の大木が枝をのばして通せんぼをする。

「わッ」

倒れこむように玄関へとびこんで、しばらく口をあけたままゼイゼイあえいでいた。

「あかんやっちゃなァ」

父はまた溜め息をついた。

そんなふうに啓一が並外れて恐がりだったのは、おばあさん子であったせいかもしれない。母が病弱で、三日にあげず病院に通っていた。父は朝早く勤め先の農協に行く。留守のあいだ、祖母と二人きりだった。祖母は縁側で針仕事をしながら、ぽつりぽつりと話をしてくれる。

イボができると、どうするか？

「指でこうおさえてなァ――」

しわだらけの手をひろげて橋をつくった。

「イボ、イボ、わたれ。ハヨ、はし、わたれ」

三べん唱えると、イボが消える。

毛糸をほどく手伝いをしていると足がしびれた。足がしびれたときは、しびれた足を撫でて、

「足のしびれや、ひたいにあがれ」といって、ひたいをたたく。そういいながら祖母は自分のおでこをぴしゃりとたたいた。

庭の隅に柿の木があった。年によって実りぐあいがちがっていて、まるきり柿がならないときもあった。

「今年はなるか、ならぬか。ならねば、おまえをぶた切るぞ」

おばあさんにいわれるままに啓一がどなると、祖母が柿の木の口まねをした。

「なります、なります、きっとなります、じァーんとなります」

じァーんというのは「どっさり」という意味だった。

「そうか、じァーんとなれよ」

そういって指先で柿の木の幹に三度つばをつけた。

あたたかくなると、まむしが出てくる。だから草むらに入るときは、先に呪文を唱えておく。

「わが指先に、にしきまだらの虫おらば……」

口づたえにおそわったセリフを、啓一はいつまでも覚えていた。

「わが指先に、にしきまだらの虫おらば……」

「山おとひめ、おん取りたまえ」

なむあびら、おんけん、そわか。なむ、あびら、おんけん、そわか――。


龍野市の北で揖保《いぼ》川と栗栖川が合わさっている。二つの川にはさまれたところを中野庄といった。ふるくからひらけていたらしく、荒神社とか建速神社とか白熊大明神とか、地区ごとに小さな神社にまつられている。建速神社のま向いは揖保川をへだてて崖になっており、通称「屏風岩」といった。その南かたに姫新線の鉄橋があって、定刻ごとにチョコレート色の列車がのんびりと走っていた。

春の彼岸が近づくと啓一は祖母につれられて揖保川の土手へ七草つみにいった。屏風岩の中腹に曲がりくねった松がはえていて、その幹がひときわ赤味をおびている。「琵琶の松」といって、風が吹くと琵琶をかなでるような音が洩れてくる。

松の根かたに、むかし、聖神《ひじりがみ》が棲んでいた。あるとき中野庄の若い衆がいたずらをした。松を伐ろうと斧を入れたところ、タラタラと赤い血が流れた。おどろいて逃げ帰り、あくる日、こわごわ出かけてみると、傷口がふさがっていて、あとがわからなくなっていた。その日かぎり、聖神がいなくなった。

鉄橋の手前で川が中洲をつくっている。屏風岩の側に水深があって、水が濃い藍色をしていた。祖母はそこが河童の棲みかだといった。ときおり小坊主になって、夕方に人が通りかかると、「相撲《すもん》とろ、相撲とろ」といっていどんでくる。生意気な小坊主を投げとばしてやろうと思って、相撲をとってみると、あべこべに投げとばされる。これはへんだと思ってかかっていくと、また投げとばされる。そうして小坊主を相手にしているうちに朝になって、人に注意され、気がついてみると、裸でひとり相撲をとっていた。

そのころ、祖母はもう目が悪くなっていたようだ。啓一に指示してナズナを探させた、セリだといってドクゼリをひっこ抜いた。クズをニリンソウだといい、ギシギシの葉っぱを目につけるようにして匂いをかいでいた。

縫い物をすると袖口を縫い合わせている。とんでもないところにボタンが縫いつけてあった。

「バアちゃん、目が見えんのとちがうかいナ」

父が出がけに小声で母にいった。町の病院にいっしょにいって、眼科へつれていけ。

啓一はそのとき、祖母に聞いたスイボウ鬼《き》のことを思い出した。春になると前の池につる草がはえてくる。スイボウ草といって、紫色の花をつける。それがエンドウ豆のような実になるが、実を食べてはいけない。食べると目が見えなくなって、そのうち死んでしまう。スイボウ草を食って死んだ者をスイボウ鬼といって、いいつたえによると、この鬼は来世に生まれてくることができないので、この実を食べて死ぬ者を待っている。自分の身代わりにして、それによって生まれ代わる。

病院の診療によると、祖母はもうかなり前から盲目同然だった。わずかに明暗がわかる程度。さしさわりなく家事や針仕事をしていたと聞くと、若い医者は首をひねった。

「まるきり見えとらなんだはずやがなァ」

それから母にこまごまと家のようすをたずねたそうだ。とりわけ念入りに台所のつくりを訊いた。カマドの位置と煙りの出口、たきぎのこと、灰のこと。啓一の覚えているかぎり、祖母は毎朝、カマドの前にしゃがんでいた。煙突も通風口もないので、火を燃やしだしてしばらくのあいだは、煙りがあたりに充満する。

戦後、台所改善運動がいわれたとき、父は手押しポンプを電動式にした。大きなモーターをとりつけ、パイプを通って水が上がってくる。蛇口をひねると冷たい井戸水が勢いよくほとばしった。

カマドもつくりかえたがったが、祖母が頑強に反対した。いまのままのほうがいい。煙りがバイキンを殺してくれる。天井に干物がつるしてあって、クンセイにいい。

若い医者はうなずいて、いったそうだ。

「目もクンセイにしてしもた」


啓一が高校に入った年の春に祖母は死んだ。晩年は少しもうろくしていて、受験勉強をしている啓一に、まじめ顔で口をあけてみせろといったりした。もうそろそろ歯がはえかわる。

「上の歯が抜けたら雨だれに埋《い》ける。下の歯が抜けたら屋根に投げる」

幼いころ何度となく聞かされたことだった。啓一が邪険に返事をすると、祖母は安心したようにそろそろとしりぞいた。

父は台所を改良して天窓のあったところに太い煙突をつけた。祖母に代わって母が家事をはじめた。改良釜は火つけが簡単で、燃えぐあいが格段にいい。煙りが台所にたなびくこともなくなった。火の勢いが強いので灰がほとんどのこらない。祖母にはそれが不満らしく、何度いわれても、こっそり焚き口に手を入れて灰の出ぐあいをたしかめるのをやめなかった。かきあつめたのを小さな備前壺にためておく。

「さわらびはカマドの灰でアクを出し、アジの煮汁で煮るが味よし」

そんなことを呟きながらカツオ節を灰にうめる。そうすると虫にくわれないし、乾燥しすぎたりもしない。

何も見えないはずなのに立ち居ふるまいはしっかりしていた。食事のあと啓一が居間で寝そべっていると、「牛になる」と口やかましい。背のびをすると、骨のあいだにご飯が入ると気づかわしげにいった。どうしていちいちこちらの仕草がわかるのか啓一には不思議でならなかった。

死ぬ少し前だが、日曜日の朝、急に祖母が釜の掃除をいいだした。啓一が仏頂づらでカマドから釜をもち上げ、井戸端へ運んでいくと、祖母はたわしで釜のまわりをこすりはじめた。ふきこぼれが白い模様をつくっていた。それをたわしでこすりとる。

「古いほうの包丁をもっといで」

下を向いたまま啓一にいった。

「包丁?」

不審に思いながら古包丁をもってくると、釜のふちに両手をかけ、クルリと裏返しにして釜の尻をこすりはじめた。みるみる両手が煤でまっ黒になった。水で洗い流すと、またもや一心不乱にたわしでこすっている。ひとしきりこすったあと、ボンヤリとつっ立っている啓一に、ここに包丁をあてろといった。そのときはじめて啓一は、煤がかたまりになって釜の尻にこびりついているのに気がついた。石のように固くなっていて、包丁でこそげ落とそうとしても、なかなか落ちない。これがつくと火の通りが悪く、たきぎが倍もいる。

煤のかたまりをこそげ落としたあと、釜を元にもどそうとして、啓一はあやうく倒れかけた。こんなに重いものを、先ほど小さな祖母がクルリと器用に裏返しにしたものだ。やっとのことで据え直すと、祖母は身をのり出して、こんどは釜の内側を磨きはじめた。

高校三年のときだった。同級生の一人に祖母から聞いたスイボウ鬼の話をしたところ、相手はおもしろがって、その池を見たいといった。もう埋め立てられて、新しくソーメン工場がつくられたというと、残念そうな顔をした。

それが機縁になって、ときおり口をきくようになった。名前を岸上大作といい、神経質そうな顔に眼鏡をかけていた。啓一が幼いころに極端な恐がりだったと聞くと、声をたてて笑って、自分もそうだったといった。スイボウは「水莽」と書いて中国からきた毒草だと教えてくれた。水中できれいな花を咲かせて実をつける。毒草の危険をいうために水莽鬼のおはなしができたのだろうといった。その同級生は数学はからきしできなかったが、そんなへんなことはよく知っていた。

大学受験を控えていて、さほど親しい仲にならずに終わった。啓一は地元の工業大学を選び、岸上大作は東京の私立に入った。啓一が研究実験に明け暮れしていたころ、東京では新安保条約反対の国会デモが連日のようにくりひろげられていた。アメリカ大統領秘書官が羽田でデモ隊に包囲され、ヘリコプターで脱出する騒ぎがあった。やがて「安保阻止統一会議」の名のもとに全国で反対デモが組織され、全学連が国会に突入、警官隊と衝突して東大生が死んだ。双方で千人以上の負傷者が出て、学生一八二人が逮捕された。風の便りに、元の同級生もその一人だと聞かされた。それからまたしばらくして岸上大作の自殺を知った。歌集をのこしていて、それがひそかなベストセラーになっている……。

啓一は工業大学を卒業して大手の電気製品製造会社に就職した。そしてみずから志望して電気釜の改良にとりくんだ。わが国初の電気釜は昭和三十年（一九五五）、東芝が発売した自動式電気釜だった。

〝寝ているあいだにごはんが炊ける〟

そんなキャッチフレーズで売り出された。それは戦後の生活革命、とりわけ女性解放のシンボルになった。ついでガス湯沸器が登場、自動電気洗濯機が急速に普及した。

啓一はふきこぼれのしない電気釜を考案して社長賞をとった。新製品売り出しの広告には、重々しい上ぶたをもち上げてふきこぼれているカマドの釜と、もの静かな自動式電気釜とが対比して掲げてあった。上司のなかには寝ているあいだに飯が炊けるなんて女房のダラクだという人がいた。釜からふきこぼれて炊きあがったのが、なんといっても最高に旨い。

「釜の底のおこげがなつかしいねェ」

その釜の尻に煤のおこげができて、石のように固くなることを男は知らない。啓一には電気釜の広告の仕方が微妙にズレているような気がしてならなかった。寝ているあいだに炊きあがるのが人気の秘密のようだが、むしろそれ以上に、釜洗いやカマドの始末をせずにすむようになったのが大きいのではあるまいか。重い釜をもち出して洗ったり、ふきこぼれをこすり落すのは一仕事だ。重い上ぶたにも、ふきこぼれのねばねばがこびりついている。火と煤が石になるなどのことに、とうてい男の想像力は及ばない。そして祖母はカマドの前にすわりつづけ、火と煤によって視力を失った。

啓一に恋人ができたとき、彼は高校の同級生の話をした。彼女は岸上大作の名と、その歌集を知っており、電気釜の技師と青年歌人とが同じクラスにいたのがおかしいといって、クスクス笑った。

「そんなにおかしい?」

「だってあなたはちっともロマンチックじゃないんだもの」

少しはそうなんだが――電気釜が自分の歌なんだがな、と啓一は思ったが口には出さなかった。そして彼女に釜の尻を磨かせずにいられるのをよろこんだ。

## 麦つぶのこがし方

担任の教授から就職先をいわれたとき、小山明男はよろこんだ顔をしなかった。しばらく返事をしぶっていた。

「ショーユ屋はいやか」

「そんなわけではないんです」

「ぜいたくいえる時代じゃないぞ」

それは小山明男にもよくわかっていた。昭和二十八年（一九五三）、朝鮮半島の紛争が協定をみて、「特需」といわれたニワカ景気が終わりをみた。不況をみこして会社は首切りにやっきになっている。労働争議が頻発して、組合側は無期限ストで対抗。そんななかで新規採用など、とてもおぼつかない。

「キミは酒屋の出なんだろう」

「ええ、でもやめました」

小豆島の小さな造り酒屋の長男に生まれた。幼いときから家業を継ぐようにいわれていたので、大学は醸造学科にしたところ、大学二年のとき父が死んで、家業は人手にわたった。すでに永らく神戸の大手に桶売りをしていて、母はわが子に酒造りを強いなかった。

「アキオは好きなことをするといい」

そのはずが、なまじいか醸造を学んだばかりに、酒造りの親戚筋のような醤油業界に入るハメになった。

小山明男が返事をしぶったのは、あまり楽しくない思い出があったからだ。実際、親戚に醤油造りの家があって、よく遊びにいった。赤黒い大きな桶が並んでいて、辺りにしめっぽい匂いがただよっていた。ズックの前掛けや肩当てをした男たちが、醤油桶をかついで出入りしていた。建物全体に醤油くさい匂いがよどんでいた。

学校仲間に明男は〝奈良漬〟とよばれていた。造り酒屋の倅のせいだが、それ以上に自分では気づかないが、からだに酒粕の匂いがしみついており、だからそんなアダ名がついたのだろう。親戚の家にはマサコという同じ齢の娘がいて、こちらは〝お煮しめ〟とよばれていた。幼い二人がつれだって学校へいくと、まわりが大声ではやしたてた。

「奈良漬ェーとお煮しめェー、も一つ煮しめてお茶漬ェー」

小豆島の醤油もいいが、なんといっても醤油は龍野が本場であって、その地で学問を生かしてもらいたいと教授はいった。

「禁止令もとけたことだし――」

だから、やりがいがあるはずだといった。

戦争中に「うすくち製造禁止令」なるものが出された。大豆や小麦の節約のためである。かわりにイモやトウモロコシを用いる。品質規制の名のもとに関東流の濃口だけに統制しようというのだ。そして龍野はうすくち醤油で知られていた。

「おまえはヒガシマルや」

「なんでや」

「頭がウスクチやからな」

龍野醤油業界の大手のヒガシマル醤油は、そんな漫才のギャグで売った。もともと、会社主催の演芸会で何げなくいわれたのが評判になり、それまで主に料理屋で使われていたうすくち醤油が関西一円の家庭にも出まわるようになった。

「頭はウスクチか」

〃奈良漬〃の小山明男はうかぬ顔で龍野へ向かった。

播州龍野における醤油産業がいつごろはじまったのか、正確なところはわからない。伝わっているかぎりの古い記録によると、天正年間（十六世紀末）に横山五郎兵衛なる者が龍野字横町で酒醤油醸造をはじめ、屋号を栗栖《くりす》屋と名づけた。その後、江戸時代に入って圓《まる》屋、壷屋などがあいついで開業。片岡治助が藩主脇坂氏の〃御仕入所〃として設けたのがのちの菊一醤油であり、浅井弥兵衛が藩の物産蔵を拝領してはじめたのが浅井醤油、商標がヒガシマルである。

要するに龍野地方の風土が醤油醸造に合っていたのだろう。すぐ前に揖保川の清流がある。揖保郡は小麦を産し、隣りの佐用、宍粟郡は大豆をつくっている。もろみは大量の塩を必要とするが、まさしく手近に赤穂の塩があった。もの静かな山間の城下町には期せずして醤油づくりのための条件がととのっていた。

町につたわる資料をとりよせて、昼の休みに小山明男は即席の勉強をした。それがたたき上げの職人たちの嘲笑を買ったらしかった。

「学士さんはちがいますなア」

何げないことばにイヤ味と反感がまじっていた。小山明男は幼いころ、季節ごとに杜氏たちがわが家にやってくるのを見て育った。そこでは三十年、四十年の経験がものをいって、五年、十年はまるきりヒヨコ扱いだった。醤油職人には酒造りにもまして経験が重視されているのを思い知った。

醸造はむろん、麹がもとになる。麹のなかには醗酵菌、つまりはカビが含まれている。この下等植物にはおそろしく沢山の種類があって、醤油を醸すのにぴったりのものもあれば、かえって有害な菌もある。カビの育て方ひとつで風味が変わる。各醸造元はそれを一子相伝と称して絶対の秘密にしていた。

うすくちは「淡口」と書くとおり、うすいのは色の淡さのことであって味にはわたらない。醤油はふつうに醸造すれば色は濃くなる。それを味はそのままにして色はうすくとどめる。京料理や食い道楽の大阪を控えた関西文化圏が生み出した風味スタイルというものだった。

小山明男は『食道楽』といった、戦前の食べ物雑誌の広告を丹念に見ていった。まだ戦争の影のささない大正から昭和初年にかけての、とりわけものが豊かだった時代に、うすくちと濃口がどのように特色を競っていたか。

「色がつかずにいゝ味つける
　しかも手軽に気持ちよく」

(播州龍野・ヒガシマル淡口醤油)
「モダンなお料理は……。
淡口醤油まるやから。趣味の味覚極楽は、醤油の王座まるやから」
(播州龍野・圓屋醤油)
「宮内省御用達
一、天恵の醸造地
一、三百年の経験
一、清潔な工場」
(銚子・ヤマサ醤油)
「売行……
評判……
……共に良し
宮内省御用達　銚子・ヒゲタ醤油」
「天下一品
資本金三千萬円・醸造高五十萬石

宮内省御用達　野田・キッコーマン醤油」
あきらかに宣伝の方向にちがいがあった。関東の濃口が宮内省お出入りといった権威をふりかざし、生産高や世評をいい立てているのに対して、播州うすくち派は味づけにあたっての見ばえや色合いを重んじている。菊一醤油は「上品な御料理が出来る」がキャッチフレーズだった。ヒガシマルは広告文のなかに「魚肉はもとより野菜類をも新鮮そのままに頂ける」ことをはっきりとうたっていた。「醸造高五十萬石」といった訴え方と、まるきり性格がちがっていた。食べ物が窮乏してきて、何であれ味がついていさえすればよかったときには生産高がものをいったが、食品が出まわって、味覚がこえてくると、必ずやうすくちの時代がくるのではあるまいか。

揖保川がゆるやかなS字型をしてうねっている。下のふくらみのなかが旧城下町だ。細い路地を抜けると、ちょっとした広場があって、そこにはきっと用水が走っている。子供たちが網で小魚をすくっていた。水の中の素足がガラスを通したように見えた。

水ハ軟水ナルコト。無味無臭ニシテ透明ナルモノ。鐵分ヲ含マザルコト——うすくちの伝統としてつたわっているところを、明男は職人から聞いていた。大豆はよく乾燥して、品質の揃っているのがいい。「皮ノ薄キモノ」はなおよし。小麦については、「粒形《ツブガタ》充実シテ重キモノ」

などといった。塩は雪白色。結晶が微細で苦汁《にがり》の含量の少ないもの。

工程に入り、まず小麦に加熱する。炒るわけだが、この炒り方がむずかしい。各醸造元に〝家風〟といったものがあって、微妙にちがう。炒りぐあいが麹の出来、不出来にも影響して、ひいては醤油の風味や色つやに及んでくる。

「麦ツブガ焦ゲタアリサマ」

ベテラン組長はそんな言い方をした。そのときがくると特有の芳香がたちのぼるので鼻でかぎとる。白い煙りがフッととだえるのを見逃さない。炒りはじめは小さな音をたててはぜるものだが、音がしなくなる。その直後で火を落とす。要するに、鼻と目と耳を通して鍛えてきた勘ばたらきで判断する。

小山明男が「焦ゲタアリサマ」についてさらに質問すると、組長はムッとした顔をして、しばらく黙っていた。「ちょっと口ではいえん」といった。それでもポツリ、ポツリと話してくれたところによると、麦つぶをじっと見ていれば熱を受けて変化する過程がはっきりとわかってくる。それを正確に見きわめることだという。

「まず皮がくろなるナ」

同じ黒でも焦げさせてはいけない。黒ブチを呈した程度。熱を受けてつぶがふくれ、皮が破れて実質がのぞいた状態だ。厳密にいうと、これにも三段階があって、最初は皮に斑点ができても、まだ皮が破れていない状態。つぎには、ひと釜の三分の一ほどの皮が破れて白い中身がのぞく。最後にはおおかたの麦つぶに「ひわれ」が走る。これを区別して焦ゲタアリサマを判断する。

「炒りすぎたら醤油がこげくさい」

「醤油にこげくさいにおいがするのですか」

「する、する。鼻がまがりよる」

色も濃くなる。逆に炒り方がたりないと、麹の出来がいまひとつで、醤油に特有の香りが乏しい。

麹室はむし暑い。明男の額から汗がしたたり落ちた。麦つぶ炒りの名人がいて、組長はその人から学んだそうだ。勘と手仕事の継承は厄介だ。ときには名人一代で永らくつちかわれてきた技術が消滅する。

龍野は小豆島の里のように醤油蔵と酒蔵が入りまじっていた。竹田幸子は酒蔵の蔵元の娘だった。二人は音楽サークルで知り合った。小山明男が、ベテラン組長にいじめられた話をするのを幸子はおもしろそうに聞いていた。

「うちの父さんも、この醤油こげくさいゾ、なんていうわ」

幸子の父親はご飯に醤油をかけて食べるそうだ。女たちは犬メシといっていやがるが、当人は何よりのご馳走だとニコニコしている。炊きたての白い飯に、香ばしい醤油こそ最高の贅沢であって、これに勝るものはないそうだ。

麹をつくるカビを顕微鏡で検査して培養液で育てる。小山明男はカビの研究をつづけていた。どの種類が風味のいい醤油をつくるか。一種類ではなく何種類もまぜて結果を比較する。それをまとめて研究誌に発表した。

「一子相伝なんていってる時代やあらへんもんね」

幸子はうなずきながら神妙な顔で読んでくれた。いったい、醤油の風味はどこからくるのか。同じ麹を使っても効果のあらわれ方に変化があるのはどうしてか。そもそも風味とは何であるか。

「ワァー、これはもう哲学やないの。うちの父さん、よろこびはるわ。醤油メシを食べながら似たようなことをよういうてはるもん」

もろみを醗酵させるには少なくとも一年かかる。研究をすすめて、これを短縮できないか。もろみの醗酵が一昼夜ですめば醸造工程がガラリと変わる。

「組長にどなられてしもた」

そんなアホなこと考えずに、ちゃんとした研究をしろという。もろみを寝かせている間に醤油の魂がやどってくる。一晩でタマシイができてたまるか。

「一昼夜というのは、そのこととはちがうのやけどな」

工程を簡略にするというのではなく、それをより大きなシステムに組み入れる。町には同業者がべつべつに仕込みをしていた。小資本では大きな実験がままならない。仕込みから圧搾までを協同の工場でやって、「生揚げ」とよばれる醤油のもとを各メーカーに配分してはどうだろう。それを各社が独自の味づけをする。年中きれめなく工程がすすんでいる点でいうと、つまりは一年かかったものが一昼夜でできるにひとしい――。問題は醸造元が「門外不出」の技術を公開してくれるかどうかだ。

「またどなられるかもしれへんネ」

論文が二十をこえたとき、元の担任教授にすすめられて明男は博士論文にまとめた。「うすくち博士」の誕生がもの静かな醤油の町でひとしきり話題になった。

翌年、一組の夫婦が生まれた。「男と女と奈良漬ェー、も一つ煮しめてお茶漬けェー」。仲人の教授がエピソードを披露した。ベテラン組長が得意のノドで醤油しぼりの唄をうたった。

いま、S字型にうねった揖保川の上のふくらみのなかに、龍野醤油協同組合の大工場がある。麹づくり、仕込み、醗酵、調熱から圧搾まで、工程を一手に引き受けている。ここで生まれた生揚げが、いずれ「まるほ」や「ヤマイ」や「カネ井」や「マルエ」や「ブンセン」になる。ヒガシマルと並ぶうすくちのもう一つの牙城である。協同工場が完成したとき、ヒガシマルの技術陣は自分たちが開発した「門外不出」を公開した。うすくち博士の家庭に二番目の〝お煮しめ〟が生まれた年のことだ。

## 六軒長屋

木村芳恵は長屋育ちだ。

相生の町の中央通りから一つ裏手に入ったところにあって、地元では恩田住宅とよばれていた。昭和の初めに恩田孝四郎という人が建てたからだ。六軒つづきが二棟、向かい合うかたちになっていた。その通りに入ると、誰もが「おや?」といった顔をして一瞬立ちどまる。まるでそっくり同じ顔の六つ子の兄弟が、きちんと二列になって並んでいるかのようなのだ。

たぶん、恩田孝四郎は長屋を建てたつもりはなかっただろう。港湾都市に赴任してくる幹部コースのサラリーマン用に、賃貸しのお屋敷を考えたのではあるまいか。道路に向いて塀をめぐらし、門構えつきの玄関をもち、そこにはシャレた素通しの格子戸がはまっていて、小さいながらも植え込みには松さえ植わっているのだ。

玄関は一坪たらずのたたきで、上がりがまちを上がると三畳間だ。芳恵の家では玄関の間とよばれていたが、そこに二階へあがる階段がついている。三畳間の奥が半分板の間の居間で、ガラス戸をへだてて台所になる。居間はチャブ台を据えると茶の間になった。そこで母子二人が食事をとった。台所は流しとコンロ台だけの簡素なつくりだが、流しはタイル張り、プロパンガスが普及してからはコンロ台をガス台につくりかえた。

階下にはもう一つ八畳の座敷があって、略式だが平書院もついていた。ふだんはそこに父の位牌が置かれ、右手の鴨居に軍服姿の写真がかかっていた。

階段をあがったところは半間の押し入れのついた四畳半で、はじめはそこが芳恵の寝室兼勉強部屋だった。中学三年になってからは、となりの六畳間に「昇格」した。玄関の真上にあたり、明るくて陽当りがいい。前に縁側があって、仕切りのガラス障子ごしにやわらかい光が射しこんでくる。むかしの職人は凝り性だったらしく、ガラス障子に桟が入っていて、卍《まんじ》をくずしたようなこまかい木組がほどこしてあった。

母は中学で国語を教えていた。下の八畳間を仕事部屋にして、夜おそくまで下準備をしたり答案の採点をする。二階のラジオが気になると、下から声がかかった。芳恵はあわててイヤホーンに切りかえる。

芳恵には自分の住居は〝住宅〟であって、長屋だとは思わなかった。そもそも長屋といったことばすら知らなかった。それを知ったのは中学二年のときである。学校からもどってきて露地に入りかけたとき、見知らぬ人によびとめられた。開襟シャツに黒ズボン、わきに折りカバンをはさみ、しきりに手帳と住所標示とを見くらべている。問われたが早口の大阪弁で、よく聞きとれない。問い返して、それが同じ棟の三軒先だとわかった。芳恵が指さして伝えると、開襟シャツの男は二、三度うなずいてから小声でいった。

「この長屋ねェ、あっちから二つ目。これはどうも。ヘエ、長屋住まいしてたんかいナ」

それからというもの、木村芳恵には気になってならなかった。これまでついぞ気にしてこなかったことであって、そっくり同じ部屋がズラリと並んでいるということだ。これまで芳恵には、階下の八畳間は世界でただ一つの八畳間であって、だからこそ父の位牌が置かれ、鴨居に写真がかかっている。芳恵には、ほとんど記憶にない父であるが、しかし、世界でただ一人のひとであって、そのために八畳間の座敷はただ一つの部屋でなくてはならない。

だが、となり合って六つ、まるで同じ部屋があったわけだ。まったく同じ形の平書院がついている。そこに置かれているものがちがうだけ。

半分板の間の居間は、自分と母親とが日ごとに顔を合わせるところだった。壁のカレンダーにメモが書きこんである。棚の時計が時を刻んでいる。幼いころ誕生日ごとに背丈をはかって、柱にしるしをつけた。そのあとが黒いしま模様になっている。

それは世界中でたった一つの居間であるはずだったが、やはり同じくとなりあって同じ六つの居間が並び、同じようなところにカレンダーがかけてあって、棚の時計が時を刻んでいる。

二階のガラス障子にほどこされた細かい木組を、芳恵はひそかに誇りにしていた。中から見ると外が明るいぶん、卍くずしが黒々と鮮明な影をつくった。四つの障子をしめると、横一列にあざやかな帯ができた。

しかしながら、となり合った六軒全部が、同じ二階の同じ部屋に同じ木組をもっている。職人は注文どおりに手なれた仕事をしたまでだ。

「前に住んでた人いうたかて……」

母は口ごもった。芳恵のたずね方も悪かったのだが、意味がよくのみこめないといったふうだった。

「どうしてそんなことを知りたいの？」

教師口調で問い返された。

「ただなんとなく気になっただけ」

「そうねェ、母さんとこは父《とう》さんのあとがまだから二代目で簡単ね」

祖父にあたる人は造船所の技師だった。新婚早々の娘夫婦に恩田住宅をゆずって、自分たちは山手の家に引っ越した。母はこの家で芳恵をもうけ、その代償のように若い夫を戦地で亡くした。

「おとなりさんは父さんの同僚だった人で、いちばん先に入ったって聞いたわ。初代が居つづめ、これも簡単だ」

母は採点用の赤エンピツで六本の線を引くと、そのうちの二本にアミダくじのようにして○をつけた。

「あとがややこしい」

赤エンピツで頬をつついて顔をしかめた。

いちばん東のはしは三十すぎの女のひとり住まいで、港通りのキャバレーに勤めていた。夕方、ノースリーブの派手な服を着て出かけていく。おりおり真夜中すぎに男ともつれるようにして帰ってくる。そして露地の入口で、巧みにいいくるめて男を追い返す。

「あそこ、出入りがはげしいの。いまの人の前は、ホラ、よっちゃんも覚えているね、引っ越しの挨拶に、紅白の大きなまんじゅうをもってきた人」

不動産業と称していたが、実際は鉄屑のブローカーで、午後になると、ひとしきり電話がかかってくる。そのあと、あたふたと出ていった。

「相生を新産業都市に！」

そんなステッカーを玄関に貼っていた。手形取引に失敗したとかで、ある日、風をくらったようにいなくなった。

「その前は、たしか政治運動の若い人だった」

長髪の青年で、毎朝、政党の新聞を配って歩いた。仲間がやってくると、夜っぴいて二階に明かりがついていた。ひとりのときはガナるような声で「インターナショナル」や「仕事の歌」をうたっていた。九州の炭鉱争議の応援にいって逮捕され、二度ともどってこなかった。

東から二軒目は、芳恵がものごころついて以来ずっと「絵の先生」が住んでいた。中年すぎの小柄な、物腰のやさしい人で、外出のときは和服に白タビに草履。家にいるときは浴衣にタスキがけで、前掛けをつけている。階下の座敷が仕事場で、二階の窓を開けはなして、ズラリと軸をかけていたりする。

「画家というより絵師って人かな」

母の話だと、旅館や料亭の部屋につるす飾り絵専門で、中学の絵の先生などとはまるきりべつの世界らしかった。標札には〝霞城〟といった大層な画名がついていた。芳恵が出くわした開襟シャツの男は、大阪から霞城先生に絵の注文にきた画商で、その後もよく顔を見かけた。口達者な男で、顔を合わすと早口の大阪弁で、「レジャーブームで旅館がどんどんでけてます。それで先生もウケがよろしおま。ハイ、ガバチョです」などと、はやり言葉をまじえてしゃべりたて、大げさに財布がふくらむしぐさをした。

「ずっとあの先生が住んでたの？」

「そうじゃない、前は船会社の社宅がわりだった。造船疑獄で大騒ぎがあったあと、会社が手ばなしたのとちがうかな」

芳恵は二階に上がると、日記帳のメモの頁に母がしたような六本の線を引いた。そこに目盛りを入れて、聞いたところの住人を書き入れた。さらに横線をいれ、あとから調べたことを年代別に書きこんだ。

昭和二九年（一九五四）　造船疑獄で造船会社手入れ。

昭和三五年（一九六〇）　三井鉱山、三井炭鉱をロックアウト、全山無期限ストに突入。

昭和三六年（一九六一）　レジャーブーム、スキー客百万人突破。

受験勉強に飽きると、メモ頁を開いてみた。横の線がふえてきて、図表とも絵ともつかぬものになってきた。

　昭和三八年（一九六三）　新産業都市13カ所閣議決定。

　余白に色エンピツで〝謎の六軒長屋調査録〟とタイトルをつけた。英文法などよりも、ずっとおもしろい。


　学校の行き帰りに何げないふりをして、あとの五軒を観察した。夏になると、どの家も格子戸が開けはなしてあって、三畳間や階段のあたりまで、よく見えた。芳恵は初めて気づいたのだが、同じように見えても一軒ずつが微妙にちがっている。同じたたきでも、芳恵のところはまん中に黒い丸石がうめてあるが、おとなりは白っぽい角石だった。そのとなりは足置きの石が据えてある。階段の手すりに丸い玉が刻み出してあるところもあれば、菱形に統一したものもある。古びぐあいからして、どれも当初からのものにちがいない。

　回覧板をもって絵の先生のところへ行った際、アトリエを見たいというのを口実にして上がりこんだ。座敷いっぱいに絵皿や筆立て、また下絵がひろげてあった。先生はいろいろ説明してくれたが、芳恵は床の平書院や、すりガラスつきの障子をじろじろ見ていた。同じような床にもあきらかなちがいがあった。芳恵のところのガラス障子には、上段に木組で鶴がとんでいるが、先生のところは井桁のかたちで、そこにいびつな円形のものがはさまっている。芳恵が不思議そうに見上げていると、うしろから先生の声がした。

「タワシのように見えるが、カメだろうね。へんな細工をしたもんだ」

高校に入った年のことだが、木村芳恵は大阪生まれの小説家宇野浩二に「十軒長屋」という小説があるのを知って、学校から全集を借りてきた。恩田住宅よりも四軒多い十軒つづきだと思って読みはじめたが、東と西に五軒つづきの二棟が向かい合ったつくりで、合わせて十軒ということだった。そこに叔父の借家があって、少年のころ宇野浩二は厄介になったという。

読みすすめていくうちに、芳恵は思わずニヤニヤした。どの家も一間幅の門をもち、こざっぱりした格子つきの二階建てで、表から見ると同じようなつくりだが、家の中が少しずつちがっていたというのだ。恩田住宅では棟ごとに一つの単位になっていて、向かいの棟とはほとんど没交渉だったが、大阪の十軒長屋は、ちょうど法善寺横丁や島之内のように、それ自体が小さな町であって、「十軒路地」とよばれていた。

宇野浩二も十代の少年のころ、好奇の目を光らせて長屋の人々をながめ、ひそかに調査録をつくったらしいのだ。小説の中で長屋の住人を一人ひとり紹介していた。西側の入口は老婆のひとり暮らしで、「素人の秘密の待合」につかわれていた。そのとなりは芸妓と娼妓の置き屋、一軒おいたとなりにはバクチ打ちが住んでいた。東側の入口は中年の勤め人と年上の細君の二人暮らし。そのとなりは某製菓会社重役の妾宅。そのとなりの老主人は千三《せんみ》つ屋、妻君が男女交際の秘密紹介を内職にしている。さらにとなり合った家にはカツラ職人が住んでいて、妻と妾が同居しており、妻には女の子、妾には男の子がいた――。

「とてもかなわんわ」

芳恵は溜め息をついて頁を閉じた。自分のいる六軒長屋とちがって、こちらの十軒長屋はおそろしく人間くさいのだ。「素人の秘密の待合」とは何のことだろう？　部屋を時間単位で、ひそかな男女の逢引きのために貸していたというが、その間、住人はどうしていたのか。そういえば恩田住宅の向かいの一軒が特殊な使い方をされているようなことを耳にした。芳恵が母に何げなく噂を口にしたとき、温厚な母が珍しく気色ばんで否定した。そして他人がどうとるかもしれないから、めったなことをいわないようにと釘を刺した。

小説家はまるでちがうナ、とつくづく思った。同じように長屋とそこの住人を観察しても、目のつけどころがまったくちがう。小説家は油くさい人間のドラマを見ようとするが、芳恵はもっぱら数式のような図表をつくっていた。個人のドラマではなく、時代の変化がすけてみえるような見取り図をつくった。はじめて彼女は、自分に本来の資質をはっきりと知ったような気がした。

大学の工学部建築科に入ったとき、四十人の合格者のうち、女性は木村芳恵ひとりだった。どうして建築にしたのかと問われるたびに、彼女は自分は文系がダメだからと答えた。母のように自立して生きたいので建築士の資格をとりたいからともいった。どちらもウソではなかったが、そんなふうに答えるたびに相生の六軒長屋を思い出した。

昭和四十四年（一九六九）、日本住宅公団が新しいテラスハウスを売り出して話題となった。それまでのテラスハウスがもっぱら低所得者向けの機械的な連棟式であったのに対して、新型は思いきって広い面積をもち、軒を接しながらも棟のつづきに巧みに変化がつけてあって、一軒ごとに独立した空間が確保されている。見学者がおもわず手を拍《う》った。いかにも公団の住宅らしく外見は似たつくりだが、中の間数や間取りがみなちがっている。住人の家族構成と生活のスタイル、また好みによって、何十とおりにも応じられるように、キメこまかく変えてあった。

設計課の木村芳恵は新テラスハウス・プランによって公団総裁賞をもらった。新聞のトピックス欄のインタヴューを受けたとき、彼女は現代社会における住居の問題を、建てる側の立場からくわしく語った。いまや量の問題ではなく質の時代に入ったことを力説した。いかにも優等生の答えを返しながら、そのときも彼女はひそかに、生まれた町の裏通りの六軒長屋のことを考えていた。

いまそこには母がひとりで住んでいる。たまに相生に帰ったとき、まず座敷の位牌に挨拶をする。ガラス障子には、あいかわらず鶴の木組があるが、羽根の一方が折れて、片羽でガラスに浮いている。なおしてやりたいのだが職人がいないと母はこぼしていた。

二階の木組は健在で、四枚の障子を閉めると、幻妙な卍くずしの帯ができた。いつも芳恵は不思議に思うのだが、その帯を頭にして寝ると、ふだんは眠りが浅いのに、十時間ちかくも眠りとおしたりするのだった。彼女はひそかに「安眠ベルト」と名づけ、いつか設計にとり入れたいと考えていた。

## 浜子一代

山内孝一は赤穂の小学校の教師をしている。担任は三年三組、すっかりベテランの部に入る年ごろだが、クラスの生徒のことで何かあると、胸がしめつけられる思いがする。学校では目がとどくが、生徒たちが校門を出ていったあとはどうにもならない。いつも漠然とした不安がある。教師になりたてのころと少しもかわらない。いずれ経験をつめば不安は消えると思っていたが、そんなふうにはならなかった。

四月の新学期が始まって一週間目、夜七時すぎに木村敏夫の母親から電話が入った。敏夫がまだもどってこない。学校で何かあったのか。

山内孝一は帰宅したばかりで、まだ着替えもしていなかった。いつもの癖で内ポケットからボールペンをとり出すと、電話台のメモ用紙に7：05と書いた。

「おかしいなァ。三時にはもどっているはずなんだが」

重苦しいものが胃から喉にひろがっていく。大きな咳払いをしてから、わざと軽い口調で、遊び仲間のところのテレビゲームに夢中になっているのではないかといった。敏夫の母親は心あたりの家全部に電話をしたが、どこにもいないという。

「しっかりした子だから心配はいらないと思うんだが……」

当の母親よりも自分を落ち着かせるように、山内孝一は呟いた。

車で敏夫の家に駆けつけたところ、母親が身支度をしていた。ついいましがた、大阪府警から電話があった。

「警察から?」

孝一は思わず声をひそめた。不吉な連想が頭をかすめた。それを打ち消すように敏夫の母親が手を振った。

「新幹線担当の人なんです」

新大阪駅のホームに佇んでいるところを保護された。駅長室に預かってもらっている。相生駅で次の「こだま」にとび乗れば、今夜中に帰ってこられる。

「夕食にうどんをごちそうになったんですって。ほんとにもう敏夫ったら――」

「それにしても、どうして新幹線に乗ったのかな。しようがないやつだ」

口ではともかく、腹立ちよりも不安が消えたことの喜びのほうが大きかった。

翌朝、山内孝一が敏夫の家に立ち寄ると、母親がとび出してきて何度も礼をいった。敏夫はふだんどおり朝食をとり、いま登校したとのこと。昨日、もっていたのは二百円ばかりだったから、キップをもたずに改札をすり抜けて入ったらしい。わけをたずねても、ディズニーランドへ行きたかったというだけで、まるきりわけがわからない。

「春休みにつれていくって約束したのに行かなかったせいかしら」

浜手の工場が倒産して敏夫の父親が失業中であることを孝一は知っていた。

「気にすることはない。敏夫はしっかりした子だもんネ」

昨夜と同じことばをくり返した。

去りがけに、ふと目がとまった。

「おや?」

玄関わきに太い棒が立てかけてある。足をとめて、しげしげと見つめた。むかしの担《にな》い棒で、フシが二つある。よく使われたらしく、肩をあてるところがこすりとったようにすりへっていた。祖父ゆずりだそうだ。もう使うこともないが、せっかくだから立てかけている。

「これで桶をかついで海水を運んだんですってねェ」

「おじいさんは浜子《はまこ》だったの?」

「ええ」

入浜式の塩田がなくなって失業するまで、ながらく東浜で働いていた。

「へェ、そうだったの。浜子ねェ……」

ひとりごとのようにいいながら、山内孝一は手をのばして担い棒を握ってみた。ひんやりしていて、独特の張りと重さが指先から伝わってきた。

「桶の担い棒は桐の木と決っていたそうですよ」

なおもくどくどと礼をいう母親に、心配はいらないと念を押した。あの年ごろにときおりあることで、成長過程の一つと思えばいい。

「一度やらかせば二度としないものだからね」

学校に向かって車を走らせているあいだ、孝一の胸に遠い記憶が泡つぶのように浮かんできた。

孝一がものごころついたころ、赤穂の浜手は一面の塩田だった。千種川河口の東側が東浜、西側の浜屋を西浜といった。総面積四一二ヘクタールで年産五万トン。国内産の塩の一割を二つの塩田がまかなっていた。

そんな数字は大人になってから知ったまでで、幼い孝一は毎年、父の背中ごしに塩が生まれてくるのをながめていた。まったく背中ごしであって、西浜の浜子だった父の背中の色が季節ごとに変わっていく。

「おい、孝一、親孝行せい」

父は風呂好きだった。その大きな背中を手拭いでゴシゴシこするのが孝一の役目だった。春先は白くてスベスベしていた。冬のあいだ浜は休眠中で、三月から四月にかけてが仕事始めだ。かたまった塩田の地盤をスキで起こす。そのため「すき浜」とよばれていた。

次が「引き浜」で、砂を引いて乾燥させる。そのときのスキを「マンガ」といった。横棒に無数の長い針がついており、「万鍬」と書く。「マンガは五回」と父は口癖のようにいった。浜引きは五回と定まっていたせいだが、孝一には、なぜ父が漫画のことをいうのかわからなかった。大好きな手塚治虫は五回どころか百回読んでも、やはりおもしろい。

六月は「持ち浜」といった。地盤の粘土を掘り出して溝をつくっていく。このころ父の背中

はまだ白かった。「持ち浜」までは、浜子は指図するだけ、べつに下働きの者がいた。陽ざしが強まったときが浜子の出番で、乾燥した砂を集め、モッコで運んで沼井《ぬい》に入れる。これに海水をかけて「かん水」をつくる。できたのを桶にくみとり、突き返しに落としこむ。筧から流れて、はねつるべの下にたまったのを、さらにくみあげてツボ（坪）に流しこむ。

父の背中はいつしか黒光りして、肩のところが固いコブになった。桐の担い棒のフシのところが首すじにあたるので、そこにくっきりと刻んだようなあとがついていた。

かん水を塩にするには、さらに焚きしめの作業がある。これを「せんごう」といった。塩焚きともいった。釜をかけるかまどを準備して、その上に石釜をつくる。石釜づくりは浜子の腕の見せどころである。松葉灰を塩とかん水で粘土状にして、これで河原石をつつみこむ。石釜を九本の釣金で支えるのは、非常な技術を必要とした。孝一の父親は　石釜造りの名人だった。

塩焚きをして半結晶の塩分をとり出し、塩取り籠で苦汁《にがり》を抜く。あとは「イダシバ」とよばれるところに盛り上げると、あのまっ白な塩になる。

おりおり、父親は羽織はかまに正装してイッケンマエへ挨拶に行った。「一軒前」と書いて、浜の旦那衆である。何町もの塩田と釜屋をもち、浜人《はまびと》、あるいは親分とよばれていた。イッケンマエごとに、ほぼ十人の浜子がいた。浜人が浜子の生活一切の面倒をみる。そのかわり浜子は旦那に対する絶対の服従を強いられた。

東浜は一四五ヘクタール、西浜は二六八ヘクタール。西浜のほうが面積は広いが、地盤が上質とはいえず、何かにつけて東浜が格上とされていた。大正のはじめに東西それぞれの地主が塩業組合をつくって組織化を図った。むかしながらの浜人・浜子からの脱皮である。

昭和十三年（一九三八）、東浜塩業組合が全国に先がけて、せんごう工場を完成させた。浜子の名人芸による石釜式では生産にかぎりがある。新しい工場では、かん水をパイプで集め、真空釜で製塩した。生産量とともに純度が高まって、東浜産がなおのこと格を上げた。

孝一が小学五年の夏、父親の背中はいつまでも白かった。父はハヤリショウガツといって浜に出ず、家でゴロゴロしていた。のちに孝一は江戸のころから「流行《はやり》正月」の名で浜子が集団的なサボタージュを行ってきたことを知った。

激しい労働である。しかも働ける期間がかぎられている。たいていの浜子は前借のかたちで浜人に拘束されていた。唯一の対抗手段が、「持ち浜」を待って集団で寝正月をきめこみ、「かん水」を楯にとって特別手当てをせしめることだった。

戦後、ひと足おくれて西浜にせんごう工場がつくられた。石釜づくりの名人は腕の振いどころがない。「すき浜」や「引き浜」にも、少しずつ機械化がはじまった。マルスキ、マンガ、ハネスキ、イレエブリ、チョッキンバネ……。幼いころに覚えた製塩道具の名前を、孝一は大きくなってもよく記憶していた。作業所に並べられた道具類に、日を追って出番がなくなっていく。

昭和三十三年（一九五八）、東浜が全面的に入浜式から新しい流下式に転換された。マルスキもマンガも使わない。砂をかき起こすことも、担い桶で運ぶことも必要ない。シジョウカ（枝条架）といって、小枝を編んだ巨大な濃縮設備が一切をやってのける。労働力は十分の一、塩田一ヘクタール当たりの生産量は入浜式の八〇トンに対して二五〇トンと三倍以上。コストが格段にちがう。数百年来の技術と経験が一夜にして無用になった。東浜塩田の浜子は、おおかたが職を失った。

父も流下式の完成式に招かれたのだろう。風呂敷包みのお土産をさげてもどってきた。羽織はかまのまま、しばらく縁側であぐらを組んでいた。庭先に四本柱と屋根だけの作業所があって、マンガやハネスキやチョッキンバネが並んでいる。

父はつと立ち上がって、縁先のぞうりをつっかけ、作業所に入っていった。孝一は玄関の隅からじっと父親を見つめていた。父は担い棒を羽織の上から肩にのせ、中腰になった。桶をかつぎあげるそぶり。かん水をくみとるそぶり。突き返しに落とす手つき。ツボに流しこむときの腰のかまえ――。

孝一は胸がドキドキした。見てはならないようなものを見たような気がした。チョッキンバネは、はね木鍬のことで、掘り出した砂を外にはね出すときに使う。モッコに入れるスコップ状のものがイレエブリ（入れ柄振）。かき寄せ用はヨセエブリ（寄せ柄振）といって区別した。父は担い棒を手にもったまま、しばらく作業所に突っ立っていた。つぎの瞬間、孝一は思いもかけない父を見た。その場にしゃがみこむと、子供のように声をあげてオイオイ泣きだした。つい立てのような背中をもち、太い担い棒を軽々とかついで、岩のように強い人が、子供のように泣きじゃくっている。孝一はクルリとうしろを向き、一目散に裏口から走り出た。

数日後、孝一がいなくなった。家族が気がついたのは、夜の八時すぎである。夕食になっても帰ってこない。近所まわりをさがしたが、どこにもいない。校門を出たあと、いつもの道をもどってきたはずなのに姿を見た者がいない。夜半すぎても、かいもく消息が知れない。

担任の先生が自転車で駆けつけた。父親は口をへの字にまげてにがりきっていた。母親はオロオロしている。青年団に招集がかかり、提灯をさげて千種川の土堤を見てまわった。

東浜の先端が「唐船山」とよばれているのは、むかし、ここに唐の船が漂着したという伝説によるらしい。赤穂御崎の突端はいちめんの岩礁だが、こちらはなだらかな浜で、背後の小山に小さな祠がまつられていた。

翌朝、念のために見まわりにきた青年団員が孝一を見つけた。ランドセルを背負ったまま、祠の横で犬のように丸くなって眠っていた。かかえ起こされると、目をひらいてキョトンとしていた。青年団員が背中におぶって帰るあいだに、またもや、すやすや寝てしまった。

あとで理由を聞かれても、孝一はただ「船を見にいった」というだけだった。千種川の河口は赤穂港で、唐船山のすぐ前を船が往来する。夜には別府航路の客船が満艦飾の明かりをきらめかしながら、しずしずと播磨灘を通過していく。

実のところ、孝一自身にも答えようがないのだった。気がつくと家路ではなく東浜のわき道を歩いていた。流下式の枝条架がどこまでもつづいていた。もうそこにはマルスキで浜をおこす人はいなかった。ゆっくりと浜引きをする人影もない。麦藁帽子に白いダボダボのシャツで桶を担っていく人もいない。×印の形で丸太が高々と組まれ、竹ぼうきのような小枝が数かぎりなくさがっていた。どうして竹ぼうきが塩をつくったりするのだろう？　天気が悪くても風さえあれば海水を濃縮するというが、どうしてそんなことが起こるのか。塩水はやはり作業所で父がしてみせたように、担い桶で運んで、腰をかがめてツボに流しこむものではあるまいか。石釜づくりの名人がオイオイ泣きじゃくるなんてことは、あってはならないことなのだ。

そのあとは何も覚えていない。どこか遠くへ行きたくて歩いていた。えんえんとつづく枝条架が河口の手前できれて、左に浜への小径がのびていた。石段を上がると目の前がいちどにひらけた。足元は砂まじりで、まばらに雑草が生えている。その上に腰を下ろして、孝一は浜風に吹かれていた。家が恋しかったが、帰りたいとは思わなかった。父の顔を見るのがセツない気がして、それよりもひとりのほうがいい。おどろくほど近くをドーナツ型の煙を吐いて小型の貨物船が通っていった。

膝に手をのせ、その上に顎をのせて海を見ていた。このまま何万年もがすぎてしまうと、どんなにかいいだろう。夏の太陽が照りつけていたはずだが、ちっとも暑いとは思わなかった。のどもかわかず、空腹も感じなかった。学校のことも、先生のことも、父のことも、母のことも、遊び仲間のことも、いっさいを忘れていた。ただ眠かった。むしょうに眠いような気がした。

家にもどってからも、まる一日、死んだように眠っていた。目をさましたあとは、いつもの孝一にもどっていた。母親がおかゆをつくったが、ふだんどおりの御飯を食べ、さそいにきた仲間の声に大声で答えて出ていった。母親のいう「手のかからない子」であって、毎晩、いそいそと父親の背中をこすって親孝行をする。

翌年、東浜につづいて西浜塩田が流下式に転換した。流下式では海水の濃度が大きく影響する。

千種川が流れこんでいるので、浜手の海は濃度が低いのだ。東浜の組合は、山をへだてた東御崎の海岸に取水装置をつくり、トンネルで送水して格のちがいをみせつけた。

そんな話を孝一は父親の背中ごしに聞いた。西浜の組合の作業員になってから、つい立てが半分にちぢんだようで、背中をこするのに手間がいらない。肩のコブもなくなった。「マンガは五回」に代わって「浜子一代」が父の口癖になった。

それから十年たらずで流下式があっけなく姿を消した。イオン交換膜法とよばれる新技術が、バケモノのように巨大な枝条架を駆逐した。西浜塩業組合がいち早く新技術を導入したなかで、東浜は流下式の生産効率がよかったばかりに、化学製塩への切り替えが遅れた。

昭和四十六年（一九七一）、専売公社が製塩業界の再編にのり出した際、切り替えの遅れた東浜は消滅したが西浜は生きのこった。いま塩田のあとが住友セメントの工場になっているが、その片隅に海水工業の看板を掲げた会社がある。西浜塩田の名ごりである。

山内孝一は広大な浜が、一つの技術でまたたくまに消滅していくのを見て育った。一生を幼い子供とすごす職をつづけてきたのは、あの唐船山の一夜のせいかもしれない。

# お頭渡し

野元久弥が母親の異常に気がついたのは、税金の督促状を開いていたときだ。納期が過ぎていたのを、うっかり忘れていた。カレンダーと見くらべながら支払いを思案した。不意の出費は痛いのだ。

「税金かい？」

そのとき、母は台所の椅子に正座していた。久弥の手元を、へんに真剣な面もちで見つめている。

「チケンはおまえにわたしてあるね」

「チケン？」

久弥が問い返すと、不思議そうな顔をした。

「土地のチケンだよ。チソが書いてあるからね。チケンにあるとおり払えばいいのだからね、ちゃんとたしかめて払うんだよ」

いい終わると、これで安心といった表情になった。それから茶碗を握りしめ、ゴクリと音をたててお茶を飲んだ。

仕事場に入るなり、久弥は妹の良子に電話をした。

「おふくろがチケン、チケンといいよるが、何のこっちゃいな?」

「チケン?」

良子もまた問い返した。

「土地のチケンで、チソが書いてあるそうなんや」

妹は少し口ごもった。それから、ひとりごとのように小声でいった。

「おかあちゃん、ボケがきたのとちがう?」

ヒヤリとしたものが久弥の心をかすめた。ひそかに怖れていたことをズバリといわれたような気がした。

「まだそれほどの齢やないが……」

といいかけるのを、おっかぶせるようにして良子がいった。

「もう八十一やないの。兄《にい》ちゃん、そばで見ていて気がつかへん?」

そういえば先週の日曜日、妻の昌子が婦人会の会合に出かけている間のことだ。久弥は急ぎの仕事があって朝から木工室にこもっていた。ひと休みするつもりでもどってくると、台所の湯わかしが煮えたぎっていた。水があらかた蒸発して、蓋が悲鳴のような音をたてている。あわててガスをとめて居間をのぞくと、母親が押し入れの前で途方にくれたように坐りこんでいた。薬箱やノリの缶や手紙の束といったものが、まわりにゴタゴタとつみ上げてある。久弥が声をかけると、母親は首をかしげながら「もらい物《もん》のヨーカンがあったはずだが見当たらない」といった。たしか押し入れにしまっておいた。熱いお茶にヨーカンはおいしいものだ。

「おまえたちで食べてしまったんかいナ」

うらめしげな顔をした。

「もらい物いうて、誰からもろた?」

「宮座の禰宜《ねぎ》さんがくれはった」

久弥は思い出した。住吉神社の秋祭りが無事終わったあと、禰宜役の吉田さんが届けてくれた。ともに甘党で、慰労会でワリをくった仲である。久弥は禰宜の介添の頭人《とうにん》をつとめて、口上で苦労した。

しかし、それは十年も前のことである。届けられたヨーカンは、みんなでその日に食べたはずだ。そのことをいいかけて久弥はハッとした。母親はやはり首をかしげたまま、うらめしげな目で息子を見つめていた。

夜になって良子から電話がかかってきた。チケンのことでわかったことがあるという。中学生の娘が知っていた。学校で歴史の時間に習ったばかりだそうだ。

「土地の証券でね、田んぼごとに地価なんぼ、税金はいくら、といったことが書いてある。チソは税金のことやて」

娘がおそわってきたとおりの言い方で彼女はいった。

「そんなん、わし、知らんがな」

「そりゃそうや。明治時代のことやもん」

「おふくろのやつ、なんでいまごろ急に――」

いいかけて口をつぐんだ。妹の良子も、しばらく黙っていた。

「やっぱりおかあちゃん、先祖の土地をとられたのがくやしいんやろか」

「農地解放やもん、しょうがないやないか」

また相談するといって久弥は電話をきった。

社《やしろ》町下鴨川の住吉神社は、古い宮座がのこっているので知られている。もともとは本家筋の十三軒に限られていたが、戦後は長男であれば誰でも宮座入りができるようになった。

新参者を下六人《しも》といって、はじめは下働きだが、年がすすむにつれ、舞踊りの田楽や万歳楽や冠者をつとめるようになる。最上位が翁踊りだ。翁の舞いのあと、若衆の頭《とう》をつとめ、そして秋祭りの頭人《とうにん》になるのが、宮座のエリートコースだった。

野元家は下鴨川きっての旧家だった。久弥は幼いころの記憶に、オハケタテのことを覚えている。秋祭りの前日、神主をはじめ宮座の主だった人が笹の葉つきの青竹をかついできた。先に榊をつける。それをオハケといった。父は直衣に烏帽子《えぼし》をつけて威儀を正していた。オクノマの庭に盛り土がしてあって、その上にオハケを立てる。つまりオハケタテである。頭人の父がその前で口上を述べ、神主が素足で鈴を振りながら祝詞《のりと》をとなえた。

父はサイパン沖で戦死した。戦後の農地改革で野元家は大半の田を失い、三反百姓に転落した。再開された宮座で、久弥に翁役はまわってこなかった。若衆の頭にもならなかった。小作人あがりで、新しく土地を得た人々が着々と力をつけていく。その家の一つでオハケタテがあると聞いて、勝気な母親は畳を叩いてくやしがった。

久弥はべつにくやしいとは思わなかった。もともと母親がじれったがるようなのんびりした性格で、ひとりで何かをしているのが好きだった。工業高校の木工科に入ったら、創作木工の講師に気に入られ、卒業したあとも助手のようなことをしていた。授業の準備をしたり、材料をとり寄せる。講師のお尻にくっついて、あちこちの木工所や工房を見てまわった。

あるとき、何の気なしに郷里の住吉神社の話をすると、講師がぜひ見たいといって、日曜日にオートバイでやってきた。二人はひとけのない社殿に入りこんで写真をとった。こまかいところはスケッチにした。古ぼけた木箱に、若衆の舞いに用いる木製の鳥兜《とりかぶと》や竜王の面がしまってあった。

「この面をつけて鉾をもって踊るんです」

「太刀舞だな」

と講師はいった。

「村ではリョンサンマイといっています」

「方位を固める役まわりやね」

よその人から古式の意味をおそわった。

下鴨川は社町の北のはずれにあって、まわりはゆるやかな丘陵に囲まれ、しも手に鴨川が流れている。別天地のような地形から、京の都にあやかって優雅な名前がついたのかもしれない。

社町には、かみ手の上鴨川にも、また南の下久米にも住吉神社があって、同じような宮座がのこっていた。年ごとの世話役がいて宮守りをする。下久米の若衆はテツダイとよばれていた。

講師のすすめで、久弥は岐阜の山里で工房を開いている人に弟子入りした。プラスチックや化学製品がはなばなしく登場して来たころで、手づくりの木工は旗色が悪かったが、それでも民芸協団の窓口を通して少しずつ注文がくる。

ときどき休みをとって帰省した。そのたびに故里の変化に目をみはった。まわりの丘陵がつぎつぎにゴルフ場になり、道路がひろげられ、ゴルフ道具をのせた高級車がやってくる。鴨川の堤はコンクリートで固められた。南隣りの東条町では、東条湖のまわりにシャレた別荘が建ち、にぎにぎしく東条湖ランドが開園した。

あるとき、住吉神社の秋祭りが中止になりかねないと、母から聞いた。若い人がどんどん出ていって、宮座のあと継ぎがいない。長男にかぎらず、二男でも三男でもいいことにしたが、それでも足りない。頭人や宮守りになると経済的な負担がかかるので、いやがられて引き受け手がいない。

岐阜で六年修業して、野元久弥は社町に帰り、家の離れをこわして作業場を建てた。工房に付属して仕事仲間が寝泊りできる部屋をつくった。装飾品ではなく生活に役立つ木工というのがモットーだった。のんびり屋の久弥が、いつのまにか、この世界の若手のホープになっていた。マルに「久」の焼き印の入った創作木工が注目をあびていた。

町の教育委員会が住吉神社の舞踊りをビデオに収めたとき、久弥は面や鈴や小道具の修復をした。木の脇差しが虫にくわれてボロボロになっていた。竜王の鼻は上に曲がっているはずが、先っぽをネズミに噛られていた。

社町にはさらに、池之内や上三草にも住吉神社がある。かつてはそれぞれが宮座の組織をもち、秋祭りを競っていたのだろうが、一つ一つと消えていった。

「久弥、来年は大祭やで」

母が目を輝せて工房にやってきたのが十年前の春のことだ。

「それでおまえに頭人をやってほしいて」

家の格からいっても当然のことだと母親は息まいた。

「そんなこと急にいわれても、やり方も何も知らへんで」

「まかしといて」

思いがけず母が若者のような口をきいた。

「全部知ってます。お父さんのとき、よう見てました」

女手一つで子供二人を育ててきた。母にはいつも「しっかりもの」の名がついていた。孫ができて、ようやく人並みにやさしくなった。

「オハケタテといったかいナ」

仕事の手をやすめず、久弥が下を向いたままたずねると、母がうたうようにして一気にいった。

「竹の先にワラボテをつけて、オクノマでシバウチをしますんや。ウチワリで清めて、それからモウシアゲや。ヨトギサンもせんならん。おしまいがオトウワタシやね。しっかりやってや。お父さんもよろこびはるわ。さっそくお墓参りしときます――」

ヨーカンのことを伝えて、妻の昌子に母のボケのことをたずねると、彼女も眉をくもらせた。思い当たることがあるという。孫の義男に妙なことを教えている。

「妙なこと?」

「おまじないみたい」

昌子は口をつき出し、ゆっくりと節《ふし》をつけていった。

「ソウノコエヲカリモウソー　ヨイヨイワー」

それからセリフのようなものが入る。

「トウソンノモトヒサヤノオトコノモトヨシオ、オトウヲモッテマイラス、ドットヨロコボーヨイヨイワー。義男が何べんもいうから、わたしかて覚えてしもた。何なんやろ」

久弥は苦笑した。お頭渡しのときのことばである。神主さんと禰宜役の吉田さんと、そのことを相談した。元来は新年はじめに日を定め、全村の戸主と子供が神社に集まる。その日に新しい頭人を披露する。いろいろ定めがあって、頭人には傘持ちや草履とりがつき、烏帽子、狩衣の装束で境内に入ってくる。玉串を奉じたり、お神酒をいただいたりして、最後のおひろめのときに一同がヨイヨイワーと唱和する。「モウヒトツヨロコボー、ヨイヨイワー」としめくくって、おはやしになる。

古式どおりはとても無理だし、つぎの頭人も決まっていないのでとりやめることにした。それにしても、母がどうして披露のセリフまで知っているのだろう？　孫にそれを覚えさせて、いったい、何を考えているのだろう？

そのほかには、めだってへんなことはないと昌子はいった。

「足も達者やし、よう食べはるし、いうこともしっかりしてはるわ」

最後のひとことに少しトゲがまじっていた。しっかりもんの姑に、いろいろきびしいことをいわれてきた。嫁いびりと陰口をきかれることもあった。

「孫やいうたかて、あんまりへんなことは教えんといてほしいわァ」

ヨーカンを勝手に食べたといわれ昌子は頭にきている。まずいことをいったと、久弥は後悔した。木工細工は自由にあやつれるが、人間関係は厄介で、とりわけ嫁と姑は細工の手にあまる。

久弥の新作が民芸協団の全国展で金賞を得た。寝たきりの人のベッドにつける新案の据え台である。木目がやさしい上に、まわりが丸くふちどってあって、使い勝手がいい。両手をのせると、からだがしぜんにのびるつくりになっている。「支えの交叉に新機軸をもたらし――」と、受賞理由が述べていた。

久弥はオハケタテのときにつくられるシバウチから思いついた。盛り土を竹で囲うのだが、それをトウシバといい、細い青竹を交叉させる。モウシアゲのときの高台がベッドの据え台のヒントになった。両手をのせると、背筋がおのずとのびるのだ。古い儀式の小道具が、人間的な尺度をきちんと踏まえてつくられていることに目をひらかれた。

仕事場から出てくると、いつも庭の陽差しがまぶしい。母が義男に庭ぼうきをもたせて庭仕事を教えていた。幼い子が飽きてほうきを投げ出すと、すぐさまひろい上げて、肩にかつぐ格好をした。土を掘り返すしぐさ。つづいて土をはねあげる。孫がキャッキャッと笑いながら、まねをする。

「これがビンザサラ」

「ビ・ン・ザ・サ・ラ」

幼い子が大声で復唱した。

「こうするとチョボ」

土をはねあげる。

「チャボ！」

「チャボやない、チョボ」

頭の手拭いをとって義男にかぶせた。舞踊りの一つの田楽につきものの冠りもので、ガッソウとよばれている。

老いた頭のなかには旧家の誇りと、宮座の儀式がそっくり収まっている。ビデオよりも正確かもしれないと久弥は思った。

「ドットヨロコボー」

「ヨイヨイワー」

カン高い子供の声が庭にひびいた。

# 三つ池

はじめてのお産に際して、文子は加古川の実家にもどってきた。夫と二人きりの団地住まいとちがい、里の家には母もいれば祖母もいる。自分が生まれたときにお世話になったという産婦人科の病院も近い。

「男の子やてね」

文子の顔を見るなり母がいった。

「生まれる前にわかるちゅうのは、ええことのようで、なんや――」

いいかけて口ごもった。

「いろいろ準備のこともあるもん」

「そらそうや」

荷物を居間に置くなり、文子はしげしげと辺りを見まわした。何やらようすがちがうのだ。

母親が気がついて台所の天井を指さした。天窓のあったところがふさがれて、かわりに東側の壁だったところに大きなアルミサッシの窓が入っている。隣家の建て替えを機会に、同じ工務店に手を入れてもらったそうだ。おかげで台所がずいぶん明るくなった。

「うちも建て替えたいのやけど、おばあちゃんがおってやからねェ」

母は少し残念そうな口ぶりでいった。そういえば神社の前でタクシーを降りたとき、文子は一瞬、まちがったところに降ろされたような気がした。二年たらずのうちにまわりの家がそろって新しくなっていたからである。

「三つ池はどうなん?」

何げない口ぶりでたずねた。

「池は変わらんよ」

母はお茶を入れながら、うつ向いていた。

「でも田んぼがうんと少《すけ》のなったのとちがう」

「それでも池はべつや」

しばらく黙って母と子はお茶をすすっていた。お腹の子がピクリと動いたような気がして、文子は下腹にそっと手をやった。

「おばあちゃんがネ、あしたお宮さんに安産祈願のお参りをするって」

「そんな、おおげさな」

「たのしみにしてなさるから、ふみちゃん、いってあげて」

ついでに病院の先生に挨拶しておくといいと母がいった。文子は湯呑みを握ったままうなずいた。

翌日、神社と病院をまわったあと、運動がわりにひとまわりしてくるといって祖母と別れた。それから文子は川にそってゆっくりと北へ向かった。西之池、新池、赤坂池、長池、枝池、徳池と、たしかそんなふうに名前を覚えている。山沿いの集落を一本松といって、その手前に小塩池がある。奥まったところに中ノ池、上ノ池、奥ノ池と三つ並んでいる。通称三つ池で、日照りがつづくと下の池から順に放流する。奥ノ池が使われることはめったになかった。

山向こうの権現池は並外れて大きい。播磨地方の溜め池のなかでいちばん大きいと、文子はちいさいときから聞かされていた。周囲四・六キロ、面積一四・九四ヘクタール。南にひろがる水田を、三百年にわたって灌漑してきた。

文子の父親はいまも水利組合の役員をしている。もともと権現池は近くの神木《こうぎ》や西山といった旧六カ村が新田開発のためにひらいたそうだ。谷あいの中山村が土地を提供して、北の台地に新しい村がつくられた。寛文三年（一六六三）のことだという。中山村はそのため特別の水利権をもち、水料が他の村よりも安かった。また池の樋の普請や付け替えの負担を免れていた。そのことを明記した文書がつたわっている。

一本松の集落を抜けると、ゆるやかな坂道になって、池の土手につづいていく。中ノ池がころもち大きく、上にいくほど小さくなる。奥ノ池は水が抜かれることがないせいか、いちめんに藻や菱が生えていた。

土手の上は眺めがいい。昔ながらの赤松が枝をのばしている。文子はその影の下にしゃがみこんだ。向かいの山とのあいだの帯状をしたところに、田んぼがひろがっている。中央部は整地されてきちんと方形をしているが、池が点在する辺りは旧のままで、いびつな三角や扇形が入りくんでいる。青々とした稲田のあいだに、白い水面が光っていた。大地のへそ、あるいは子宮のようだと文子は思った。いずれもたっぷりと羊水をかかえていて、そのなかにちいさないのちが宿ってくる。

お腹の子がまた蹴とばしたようだ。ズキンと下腹が疼いた気がして、あわてて文子は立ち上がった。

父をまじえた夕食のとき、権現池の話が出た。文子ははじめて知ったのだが、昔は水の入るところを「呑み口」、出るところを「吐き口」といったそうだ。日照りのときは吐き口をめぐって、くり返し騒動があった。

「なんといっても水がいのち綱ってもんや」

アルコールに弱い父親はお銚子一本でまっ赤になる。

「お父さんの呑み口はおとなしいもんです」

と母がからかった。

権現池には現在は三つのダムができて水量を調節している。それに水田がめっきりへって水で血相変えることもなくなった。

幼いころの記憶の一つとして文子は鮮明に覚えている。夜ふけに大勢の人が押しかけてきた。玄関で押し問答がくり返され、殺気立った声がとびかった。怒声となだめる声が入りまじり、人がなだれこむけはいがした。そのうち、一応の結着がついたらしく、人々が帰っていった。

つづいて父が着替えをして、あわただしく出ていった。

気丈な祖母は座敷に正座していた。何かのときには、ひとこと申し述べるつもりでいたという。

幼い文子は母親の背中に隠れるようにして息を呑んでいた。

大人になってから知ったことだが、その年はひどいカラ梅雨で雨らしい雨もないままに田植えを迎えた。そのため権現池の水利をめぐって大いにもめた。直接の当番だった父が矢おもてに立ち、そのとばっちりで夜ふけの談合に引っぱり出された。

「あのときは、ほんにいのちが縮まった」

昭和三十年代のはじめ、所得倍増の掛け声とともに、わが国の経済が高度成長に突入した矢先で、急速に生活様式が変わっていったときである。薪のかまどを押しのけてプロパンのガス台と電気釜が登場した。七輪や水甕や米びつが一つ一つと姿を消していく。経木と竹の皮の弁当に代わって、プラスチック製があらわれた。

農村もまた目に見えて変化していくなかで、古い慣習だけが厳然として残っていた。権現池の水に関し、中山地区に特別の用水権が与えられていることに、つねづね不満の声があったのだろう。ふだんは何でもなかったが、極端な水不足に際して抜き差しならぬ事態になった。

「それでも話し合いで解決したから、なによりやった」

もっと前は打ちこわしまでいったそうだ。水争いのあげく六カ村の者たちが押しかけてきたとき、中山地区の代表は証拠の文書を奪われないように屋根にのぼり、大声で読み上げて利権を主張したそうだ。

「それだけ米づくりが真剣やった」

初孫の前祝いと称して父は飲めもしない酒のお代わりをした。

「そうそう、ふみちゃんに見せたげよ」

祖母がひとりごとのようにいって立ち上がった。奥で引き出しを開け閉めする音がして、やがて古紙につつんだものを大事そうに両手にのせてきた。

「田草取《たのくさ》りのツメだっせ」

「おっ、これはなつかしい」

父がすっとん狂な声をあげた。そして祖母から受けとるなり、しばらく明かりにかざすようにながめていた。琴を弾くときのツメに似ているが、鉄製でタケが長く、指にはめると先端の関節までくる。両手の人差し指と中指と薬指にはめた。七月の三番草のときに使ったもので、水を落とした泥田に入り、土をツメで掻きながら前進する。

「かしてみなはれ」

祖母は手なれた手つきで指にはめると、やおら中腰になった。ふだんは背中が曲がっているのに、なぜか腰からピンとのび、直角をしている。

「稲株二つをまたぎましてなァ」

さらに左右に二株ずつ、つまり六株のあいだを両手で掻く。田草取りというが、実際は田を平らにして、草を泥の中にぬりこめる。根株に空気を送りこむわけで、稲が太くなり、また分《ぶん》蘖《けつ》を促す効用もある。

祖母が奇妙な虫のように居間を這いまわっていく。文子はあっけにとられてながめていた。もとのところにもどると、祖母は手を左右に交差させた。

「こうしますとツメで手を切るので用心がいりますんや」

それにうっかりするとツメを泥の中に落としかねない。使いこなすのにコツがいった。

「えらいことをやっとったんやねェ」

母は感にたえたような声を出した。ちいさなツメのようでも鉄製の六個を指にはめると、大きな荷をしょったように肩にくる。男の仕事だったが、ときには女、子どもにもまわってきた。加古川でも平荘町の中山だけに使われていた。

「村の鍛冶屋が考案したんやネ」

「どうして中山だけやったの」

強いられた新田はそれだけ土が悪かったせいらしい。水利に特権が与えられていたのは、そんな事情もあずかっていたわけだ。

「あの騒ぎのときは、中山の人がおれてくれたので納まった」

父が思い出したようにいった。ほかのどの池もとっくにカラっぽで、権現池だけが頼みの綱だったという。

「三つ池もカラやったの?」

文子がたずねると、父が勢いこんで答えた。

「上ノ池から奥ノ池まであいた。底まで干上げたんや」

とたんに口をつぐんだ。母がうつ向いた。祖母はツメを包み直すと、ヨッコラショと呟いて立ち上がった。

小学四年のとき、文子は奥ノ池に落ちた。友達と二人で土手のスカンポを取っていて、足をすべらせた。仰向けに落ちたので、立ち上がろうとすると、両手が藻にからんで起き上がれない。足を踏んばると、その足が泥にもぐって、からだがすべるように土手からはなれていく。声をあげたとたんにゴクリと水を呑んで目まいを覚えた。頭だけが沈んでいくようで、目の上に水面が見え、水面を通してボヤけた太陽が見えた。喘いだとたんにまた水を呑み、のどに灼けるような痛みが走った。

友達が息せき切って知らせにもどったとき、家には中学一年の兄と祖母だけがいた。兄は龍

―といった。山道を走り上がって、奥ノ池にとびこんだ。ズック靴が土手にぬぎすててあった。藻や菱をかきわけたあとがひと筋になって残っていた。妹を肩で押すようにしてもどりかけて、力が尽きたのだろう。文子が土手に這いついたとき、村の人が駆けつけた。兄の龍一はすり鉢状の底の泥に沈んだらしく、どうしても遺体が上がらない。

やむなく樋を抜いて水を落とした。おりから三つ池とも満パイ状態で、奥から落とすためには上ノ池と中ノ池も抜かなくてはならない。まる二日間、しも手の水路という水路に水があふれた。そのあいだ中、母は土手にすわったきり、両手をふるわせて泣いていた。

奥ノ池には中央部にハスが生えていた。龍一の死体はハスの茎を抱くような格好で干し上げた底からあらわれた。半開のハスが顔に寄りそうように花をつけていた。

文子はつねづね、おとなしいがしんの強い子だといわれてきた。暗いというのではないが、どこか影がある。自分でもそんな性格を認めていた。いつも自分のなかに、身代わりになって死んだ兄がいるせいだと、文子はひそかに考えていた。

父が通ぶって酒の評定をしている。

「男の子ならジャコとりをさせてやりたいのぅ」

はやくも孫のことを想像しているらしい。

池の重要な行事として樋抜きと樋留めがあった。年々の水量によって、多少のちがいはあったが、おおよそ樋抜きは五月から六月、樋留めは十月から十一月。池守りと水利組合の役員の立ち会いのもとにおこなわれた。樋抜きのあとは雑魚《じゃこ》取りがあって、村中がわき立った。

権現池にダムができて樋抜きの行事も無用になった。池の魚は泥くさいといって、いまでは配ってもあまりよろこばれない。

「名前は考えたか」

父に問われたので文子は口ごもった。あいまいに言葉をにごしたが、龍の一字をもらうことは心に決めていた。水を呼ぶ幻の生き物だもの、溜め池ずくめの土地に生まれた者には、きっと守り神になってくれる。

# 夢の建物

いよいよ設計図ができる矢先になって夫の光二から注文を出され、敬子はアタマにきた。希望があるなら、もっと早くにいうべきだ。設計のやり直しで余分の費用がかかる。そんなことはわかりきったことなのだ。

すぐに工務店に電話をしたが、担当の人は返事を渋った。ユニット工法なので部分的に別注ということになると手間もかかるし、高くつく。一応、現場と相談するといって電話を切った。

敬子はこの数日、光二と口をきいていない。黙って支度をして、さっさと先に勤め先の託児所へ出かけていく。

この日、もどりに役場の前のスーパーで買い物をした。秋日和のいい天気がつづいていた。空気が乾いていて気持がいい。自転車をこぎながら、ふと思いついて斑鳩寺まで寄り道をした。昏《く》れかけた空をバックに三重塔がスックとのびて清々しい。境内に落ち葉がちっていた。しきりに鳩が舞い下りてくる。

晩秋のこの季節が敬子は好きだった。学生のころ友達とひと月あまり、イギリスの小都市でホームステイをしたことがある。町の通りはどこもマロニエの並木になっていて、石畳に落葉がつもっていた。秋空を背に教会の塔が神々しいまでに美しかった。信仰の建物はこうでなくては、と思ったものだが、あんがい日本の建物も悪くないことに気がついた。本堂の大屋根がゆるやかな反《そ》りをもっていて、まるで大きな鳥が翼をひろげたように見える。木造の三重塔は石造りの塔とちがって軽いのだ。そのまま大空に舞い上がりかねない。永遠の重しをつけたような石造りよりも、空に浮いた塔のほうが人間のつくった建物として、より優雅なのではあるまいか。

数日来のくさくさした気持が澄んだ空に吸いとられたような気がして、敬子はおもわず深呼吸をした。それにしても光二は、どうしていまになって窓やポーチに洋風の注文をつけてきたのだろう? 大学の人形劇クラブで知り合った。あの当時なら、よくわかる。シャレたのが好みだった。アルバイトで小銭が入ると、フランス料理を食べに行った。安物のカルバドス酒で酔っぱらった。

卒業後、数年して出会ったとき、家のことで迷っていた。故郷の太子町の何代もつづいた旧家なので、空き家にするわけにいかない。

「アレレ、二男じゃなかった？」

「兄貴が死んでネ」

寂しそうな顔でいった。大手の建築会社に勤めていたが、現場の事故にあったという。兄はいずれ独立して、地元で建築事務所を開く予定だった。その兄がいなくなって、もろもろの責任がどっと二男坊にかぶさってきた。太子町の家は、むかし、備前の殿さまが参勤交代のときに泊ったことがある。なまじいに由緒があるので、勝手に取り壊すわけにいかない。

九時ちかくに車の音がして光二が帰ってきた。教育委員会は気苦労が多いのだ。いつのまにか耳のわきに白いものがまじっている。敬子は少し可哀そうな気がして、黙々と食事をしている夫に声をかけた。とたんに自分でも思ってもいなかったことが口をついた。

「別注にしてもかまへんのヨ」

光二がいぶかしそうに顔をあげた。

「どれほど高くつくんかなァ」

「かましません。一生に一度やから、好きなようにしとかんとネ」

それから母親のことをいった。離れのほうがいいそうだから、あちらを老母用に改造する。

手すりをつけたり、スロープにしたり、古い建物を生かす工夫があるそうだ。託児所に子供を預けている人がその方の専門家で、ぜひやってみたいといった。

「なにしろ殿さんの泊った部屋やからな」

光二が少々得意げにいった。故里自慢になると学生のころとちっとも変わらない。

「それにしてもどうして急に家のことをいいだしたの？　これまではまかせきりだったのに」

斑鳩寺の境内で思ったことを、敬子はあらためてたずねた。もらいもののカステラに紅茶をそえた。夫婦で話すのは久しぶりだ。

「うん、まあ……ちょっと……」

光二は口ごもった。まぶしそうに天井を見上げてからポツリといった。

「兄貴のことを思い出した」

中学のとき、光二は毎晩のように墨をすらされた。製図を引くためには大量の墨汁がいる。大学の建築学科では製図がレポートなのだ。兄は齢のはなれた弟を、ていのいい小使にしたらしかった。

「離れのほうの座敷だった」

「お兄さん、あちらを使ってたの？」

「ああ。ひとりで占領していた」

光二はいまもまざまざと覚えていた。テーブルに大きな白木の板を斜めにのせ、その上で仕事をしていた。卒業制作は十数枚がかりで、当人はハチ巻きをして大いに意気ごんでいた。何日も徹夜をした。

「たぶん、それまで怠けていて、ギリギリになったんだ」

「その点は思い当たる」

二人してクスクス笑った。

不思議な眺めだった。大きな紙の上にベランダつきの西洋館があらわれた。尖った屋根、高い窓、ポーチのある玄関、ドアにはイニシアルを組み合わせた金具がついている。日除けの小窓にシャレたランプが下がっていた。姫路の海近くのセルロイド工場に「異人館」とよばれる建物があって、それをモデルにしたそうだった。前にユーカリの大木がある。

そのころ光二は江戸川乱歩に熱中していた。そこにも三角屋根の洋館や、ポーチのある玄関が出てきた。高い窓に姿の見えない犯人の影が映る。どこからともなくカラカラと笑う声がひびいた。

乱歩を読みながら兄のかたわらにかしこまって墨をすった。離れの欄間には殿さまから拝領したという額がかかっていた。父が早くに病死して、母ひとりでは旧家の屋台骨が支えかねる。手入れが悪いので欄間の桟が外れたままになっていた。渡り廊下の床がひび割れていた。うしろに蔵があって、庭に石灯籠が三つ。池もある。

障子のまん中がガラスになっていて、そこに帆かけ舟と富士山が刻んであった。部屋の明かりを受けて、ガラスにボンヤリと兄と自分の顔が映っていた。古いガラスは表面にデコボコがあるらしく、ハチ巻きをした兄の顔が、上下の動きにつれてイカの頭のように長くのびた。

古い家に生まれたから、なおのこと西洋に憧れたのだ。のちに光二にも痛いほどよくわかった。大屋根に重たげな瓦がのっていて、部屋数がむやみと多い。座敷だけでも上座敷、中座敷、下座敷と三つもあって、さらに離れにもう一つ。仏間や奥の間や中の間は、どれも暗くて使いにくい。

太子町の斑鳩寺は「西の法隆寺」などといわれている。その門前町としてひらけた。町もまた古いのだ。通りが入り組んでいて、昼には隣近所から干しガレイを焼く匂いが流れてきた。光二は干しガレイよりもジャムやトマトケチャップに憧れた。センベイと渋茶よりも、レモンティとアップルパイのおやつがいい。何代も使ってきた黒いチャブ台よりも、映画で見るような明るい食堂が欲しかった。おりおりはまっ白なナプキンを首に巻いて、ナイフとフォークで食事をする。

太子町の家にも遊びにきたことのある人だが、兄の友人が貨物船にもぐりこんでフランスへ行った。密航がバレて、マルセイユから送還されてきた。写真入りで新聞に出たのを光二は覚えていた。卒業制作の西洋館は、戦後まなしに成人した兄の世代の夢の建物にちがいなかった。

線を引く前に、何度も計算尺で計算していた。兄によると、建築をやるには四次方程式や球面三角法をマスターしなくてはならない。立体容積率も出さなくてはならない。とりわけ球面の計算が厄介だ。そのほか、いろいろとむずかしいことをいっていばっていた。江戸川乱歩に熱中している弟を心配してのことらしかった。

いずれ一級建築士の資格をとって、太子町で建築事務所を開くのだといった。それからわが家を建て直す。ベランダのある家がいい。庭に池や灯籠はいらない。一面の芝生にする——。

「おふくろにはいえないから、弟に夢をしゃべっていたんだナ」

敬子は黙ってうなずいた。紅茶が冷めているのに気がついて、ガスに火をつけた。

「お兄さんが亡くなったのはいつだったたっけ?」

ガス台から振り向いて声をかけた。

「勤めて十年目、はじめて自分の設計で施工にかかったときに事故にあった」

鉄骨が崩れ、逃げ遅れて頭をつぶされた。あっけない死に方だった。

弟は数学がニガ手で四次方程式はおろか、二次方程式にも苦労した。球面三角法など、とんでもない。家を建てるかわりに、もっぱら空想するだけの方面にすすんだ。それでも光二は製図や設計図に、ひとしおの思いがあった。美しい図面を見ると、鼻の奥に、ほのかな墨汁の匂いがよみがえってくる。

「この前、担当の人が見本の設計図をもってきたよネ」

あれを見たとたん、うつむいて一心に墨をすっていたときのことを思い出した。尖った屋根と、高い窓と、ポーチのある玄関がよみがえってきた。同じことなら少しこって建ててみたい。

あたたかい紅茶の湯気がのぼってきて、敬子は鼻の奥がかゆいような気がした。一つ咳払いをしてから冗談めいた口調でいった。

「あの世の建築家に設計をたのんでみようか」

もう一度見つもりをたて直すとしよう。工務店が置いていったパンフレットに公庫資金の案内がついていた。「高耐久性木造住宅」というらしいが、特別の償還が利用できる。なにしろわが家は三百年の耐久性を誇ってきた旧家なのだ。ユニット工法は味けない。少しはシャレていなくてはネ。

「殿さまの泊った家《うち》だもんね」

チョンマゲのような三角屋根をのっけたっていいのである。

# ちいさな山

裏山を八丈岩山《はちじょうがんざん》といった。なんともいかめしい名前だが、高さは二〇〇メートルにみたない。西国の山におなじみのお椀をふせたような形をしている。頂きが岩のせいで、そのためこんな大層な名前がついたらしい。ごくちいさな山だが、それなりに由緒があって、わが国最古の風土記の一つである『播磨風土記』にもしるされている。そのころは神山といったらしい。さまよいの大人神《おおひとがみ》が舟でこの山に着き、丘の一つに定めて国づくりをはじめた。

山腹が丸く突き出ていて、ゆるやかな斜面をつくっている。そこに古くからの集落があった。戸数八十あまり。社会的な分類では農村に入ったのだろうが、住人にとっては山村だった。生活の多くを山に負っていた。「おくどさん」で煮炊きをした。そのためのたきぎは山から伐り出した。雑木や柴で風呂をわかした。春は山菜やタケノコ、秋には栗や松茸がとれた。何よりも水脈を山にいただいていた。高台の奥には池があり、米作りに欠かせない水源だった。三角状の斜面の上の尖りにあたるところに「清水」とよばれる共同井戸があった。たとえ家の井戸が涸れても、清水の水は決して涸れない。そんな言い伝えがあった。事実、日照りがつづき、みるまに家々の井戸の水位が下がっても清水はビクともしなかった。重厚な二つの石組みのなかに澄んだ水が光っていた。八丈岩山には山の神がいて、清水には水神さまがいる。子供のころ、私たちはそのことを信じていた。

山腹の出っぱりは見晴しがいい。春には一面のつつじに覆われた。ちいさな広場の奥に神社があって、軒に奉納の絵が掲げてあった。

ある日、アメリカ兵のジープがやってきて、跳ねながら山道を走り上がり、神社前の広場におどりこんだ。学校から帰ってくると、その噂でもちきりだった。私たちはカバンを放り出して山道を駆け上がった。ジープはもういなかったが、タイヤのあとがあった。チューインガムの包み紙が落ちていた。ひろい上げて鼻にあてると、甘ずっぱい匂いがして耳の下がかゆくなった。私たちはそれを宝物のようにポケットにしまった。それから「カムカム・エブリボディ」を歌いながら、意気揚々と山道を引き上げた。

昭和二十九年（一九五四）、造船疑獄、発覚。防衛庁が設置され、陸海空の自衛隊が発足した。ビキニの水爆実験で「第五福竜丸」が被災した。青函連絡船洞爺丸が沈没、五〇〇人あまりの死者が出た。町にテレビ、電気洗濯機がお目見えしはじめた。私たちは力道山の空手チョップに熱狂した。

おそらく、このころからだろう。ちいさな山の周辺に微妙な変化があらわれた。プロパンガスが普及しはじめ、山でたきぎをとる人が少なくなった。柴を刈る人もいない。そのせいか松茸がとれなくなった。神社の祭礼には、お神楽と獅子舞いがつきものだったが、寄付がなかなか集まらない。獅子の使い手が不足して獅子舞いが中止になった。

中学の歴史の先生は地方史家として知られていた。その先生につれられて八丈岩山の調査に出かけた。峠の手前が登り口だが、辺りにうっそうと木が繁り、登り口を見つけるのに苦労した。先端が槍のように尖った古木があって、私たちはそれを「なんじゃもんじゃの木」とよんでいた。歴史の先生によると、昔、暗い峠をこえるとき、旅人が恐怖をまぎらわすために「なんでもない、なんでもない」とつぶやきながら通った。それが「なんじゃもんじゃ」に訛ったのだということだった。

尾根づたいに藪をかきわけていくと、やがて山頂に出た。全体が大きな一つの岩でできていて、一方が削りとったように角ばっている。あちこちに丸い穴があった。古代人が火を焚いたあとだそうだった。大人神は別名をオオナムチノミコトといった。正式にはオオクニヌシノミコトという。ホアカリノミコトという乱暴者に手を焼き、それを山の頂きにのこしたまま舟出した。「ホアカリ」は「火明」と書く。山頂で火を焚く習慣はここから生まれた――。

目の下に古い集落が、黒い、いびつなシミのようにひろがっていた。そのまわりにチラホラ新しい家が建ちはじめていた。目を上げると姫路の市街地が見えた。八階建てのデパートができたばかりで、お城と競うように偉容を誇っている。瀬戸内海が銀紙を貼りつけたように白く光っていた。ズラリと並んだ煙突が競うようにして黒煙を吐いていた。

昭和三十五年（一九六〇）、新安保条約発効、高度成長・所得倍増が時の合言葉だった。社会党委員長浅沼稲次郎が右翼少年に刺殺された。翌年、宇宙飛行士ガガーリンをのせたソ連の人工衛星ボストーク1号が打ち上げられた。

私は東京の大学にいて、ときおり姫路に帰ってきた。そのたびに山麓の古い集落の変化に目をみはった。急速に山村が消え、農村でさえなくなっていく。峠の道が拡張されて、車が走り抜ける。拡張工事のあおりで「なんじゃもんじゃの木」が枯れてしまった。やがて尖った先端を突きたてた白骨状になり、つづいて根かたから切り倒された。とたんに清水の二つの石組みのうち、なぜか一つが涸れてしまった。黒い大きな穴になり、板でふさがれた。のこる一つも水位が大きく下がったが、だれも気にとめない。水道が完備されて、蛇口をひねるだけで水がほとばしる。もはや水神さまにたよらない。

ある年の春、私は山腹の出っぱりにすわっていた。たまの帰省者には話す相手がいない。彼岸の中日だった。中日というのが何の意味かわからないが、季節のなかの定休日のようなおだやかさがあるものだ。目の下に見知らぬ風景がひろがっていた。見慣れた故里のはずが、いつのまにかまるでちがった異郷になっている。新しくできた家並みのあいだに、菜の花畑があって、黄色い布をひろげたようだ。太陽が紫色に染まって見えた。

ナマあたたかい風が吹いていた。その風だけは変わらない。ある特有の温気《うんき》といったものをもっていて、それこそ私には故里の風であり、播州の大気だった。人をゆるやかにつつみこみ、へんに気だるくさせていく。間のびさせ、退屈させ、ぬくぬくとした温床を用意する。

東京の下宿は武蔵野のはずれにあった。帰省の直前まで、まだ冬のけはいがのこっていて、秩父の山々がのぞくほど西の空が澄んでいた。近くにのこった雑木林はしんかんとしていた。やりきれないようなもの悲しさがあった。

それから間なしに、ぬくぬくとした温床にいる。ぬるま湯の温気にいる。私は大きなあくびをして立ち上がった。しばらく帰省を見合わせて、本腰入れて勉強しなくては。自分にいいきかすように、思いきり背のびをした。

神社の板壁にもたれてタバコをすった。そのときはじめて、奉納された額の一つに人物が描かれているのに気がついた。幼いころにも見たはずだが、まるで記憶にのこっていなかった。烏帽子をつけ、衣服をあらため、大きな目をひらき、ややななめの姿勢で描かれていた。名もない町の絵師の手になるものだろうが、ある強い緊張と気位《きぐらい》といったものをよく伝えている。だれともつかぬ人ながら、ひそかな共鳴をさそいかける。私はタバコが消えたのも忘れて、額のなかのリンとした姿に見入っていた。

この神社に掲げられたからには、故里とかかわりのある人なのか。あるいは故里とかかわりのある人が、なんらかの思いをこめて、ここに納めたのか。

「人類の進歩と調和」、そんなテーマを掲げて大阪万国博の開かれた年だった。風の便りに、私は故里の大変貌を耳にした。山腹の出っぱりが削りとられて高級住宅地になった。古い集落のおおかたが建て直されて、もはや黒いシミではないのである。宅地化の波が押し寄せ、池が埋められた。山腹の神社は奥社と合祀され、あとかたもなくなった。

たまのことだが、いまも郷里に帰ることがある。明石をすぎると窓の外が妙に白けて見えるのはどうしてだろう。天地が白々としていて、なにか白ばくれた気持がする。新幹線の窓は開くこともなく、風を入れないが、もし開いたなら、いつもの温気がドッと入ってくるはずだ。ぬくぬくとしていて、やさしく、少しにくらしく、冬の日なかにも蝿が一匹とびまわっているようなあたたかさ。多少うるさく、うっとおしく、「どっちでもかまへん」といった言い方にみる曖昧さが大手を振ってまかりとおる。

先だって私は帰京の前に八丈岩山に登った。もう登り口がわからないので、ササを分けて入り、古い踏み道をさがしながら尾根に出た。尾根づたいの小道も左右から枝が出ばっていて進むのに難儀した。山のコブを巻いたところの奥社は半ば朽ち、小屋根が傾いていた。合祀のときにどうなったのか、烏帽子の人はもとより額一つなかった。

山頂の大岩ばかりは変わらない。よく見ると、両手でつつむほどの小ささの石の祠がまつってある。だれかが花火をしたのだろう、マッチの空箱と燃え殻が「火明」の穴につまっていた。

橋元正彦氏提供

おだやかな陽ざしが射し落ちていた。あたりにうっすらと靄《もや》がかかって、太陽が朱色のお盆に見えた。『風土記』によると、オオナムチノミコトがホアカリノミコトを置き去りにして舟出したところ、乱暴者のホアカリノミコトが大波をおこして舟をうちこわした。波の起きたところが波丘、舟のこわれたところが船丘……。もはや遠い昔のことだが、中学の歴史の先生は、一つ一つ指しながらそんな話をした。

目の下、また目のとどくかぎり、どこまでも人家で埋まっていた。色さまざまな屋根のつらなりは、それなりに波のように見えなくもない。そのなかに神話のモデルになったらしい丘が、まるで幻の浮き島のようにちらばっていた。

中学、高校と同じところに通ったが、私と佐藤進一とは、とりたてて友人というのではなかった。毛嫌いし合う仲でもない。なんとなく疎遠のまま高校を出て、べつの大学にすすみ、そのうち思い出すこともなくなった。

だから二十年あまり後の正月に、佐藤進一からの年賀状を見つけて驚いた。しばらくそれが同窓の佐藤だとはわからなかった。印刷文のおしまいにその旨の添え書きがしてあって、やっと気がついた。印刷文のほうは、父の会社を継いで二十年目で、姫路の商工会の理事に選ばれたといったことで、今後とも一層の精進努力するから、よろしくご鞭撻を願うといった形どおりのものだった。

そういえば佐藤進一は社長の息子だった。鉄鋼関係で、たしか祖父の代からの会社と聞いていた。そんな事情が親しみを覚えさせなかった理由かもしれない。早かれ遅かれ社長の椅子が確保されているような人間は、若者にとってあまりうれしい存在ではないのである。人生というゲームに不正がまかり通っている気がするからだ。若さは、その種のルール違反に敏感である。

それからは毎年、賀状がくるようになった。出張先らしい外国からの絵ハガキが舞いこむこともあった。中小企業は好景気の恩恵に浴さず、不況だけはもろにかぶさってくるので苦労しているといったことが、異国の感想に添えてあった。

ある日、風変わりな一枚が届いた。自分が撮った写真を写真屋で私製ハガキに作らせたらしい。三方に青い海が映っていて、手前に白い岩が見える。岩の角度よりして高みから見下す位置で撮ったらしい。

「西島を覚えているかナ」

釣り好きに引っぱられ、家島諸島の近くまで出たのを機会に足をのばしたという。「頂上石」をたしかめてきたが、人生の折り返し点にあたり、思うことが多々あったという。何であれ、すぐ教訓に結びつけるところが中小企業の社長らしいと私は思った。しめくくりに、近く新社屋の落成式をするから、ぜひ出席してほしいと書いてあった。

なぜまたおカドちがいの自分などに——怪しみながら改めて写真を見ると、中央の白い岩にうっすらと影が映っている。カメラを構えている当人の姿だが、影はぼんやりしていて、なにか両手を前に差し出して祈っている姿に見えた。あるいは古代の不思議な獣が化石になっていて、それが陰刻されたかのようでもある。

たしか西島といった。平凡な名前だった。記憶というのはヘンなもので、さても長い歳月、いったいどこにひそんでいたものやら。手製の絵ハガキはへんにナマナマしいのだ。ほんの昨日のことのように、まざまざと思い出した。真夏の太陽がじりじりと照っていた。凪《な》いだ海が眩しくて、麦わら帽子を目深にかぶっても目をあけていられなかった。

播磨灘に面して大小さまざまの島がある。そのなかのひとかたまりが家島諸島で、西のはしの島を西島といった。家島諸島の中では一番大きいのに、あまり人が住んでいない。船着き場の北が採石場になっていて、突端の岩が半分がた垂直に切り取られていた。たぶん、島全体が石でできていて住みにくいのだ。中学二年の夏のことだが、その西島で臨海学校がひらかれ、クラス全員で三日間そこに過した。

室《むろ》の内というところにあった分教場が臨海学校に使われた。前は砂浜で、一方に岬が突き出ている。休みの前にみんなで島を調べてガリ版の地図を作った。岬はなぜか「キリの木のハナ」とよばれていた。西方に「マルトバ遺跡」といって縄文時代の遺構があるとのことだった。どんな字をあてたのか、もう思い出せない。

先生に引率されて島の中央部を探険した。二〇〇メートルばかりの山を登りつめると、大きな黒ずんだ岩の上に出た。頂きに白い御影石が据えてあって、それが「頂上石」だとおそわった。へっぴり腰でこわごわのぞきこむと、はるか下に海面があり、三角波が白いレースのような模様をつくっていた。風が音を立てて吹き上げてきた。遠くの採石場からときおり鈍い音がひびいてきた。

そのあと男子だけが遺跡のある辺りまで下りていった。削いだような崖になっていて、縄文人がどうしてそんな険しいところに住んだのか、わけがわからない。山を下りながら振り返ると、頂きの石が槍の先っぽのように白く光って青い空に突き立っていた。

落成式は盛大だった。八階建ての新しい社屋は国道沿いにあって足の便がいい。ロータリーの前に広い空間がとってあり、そのせいか、さほど大きな建物ではないが、なかなか見ばえがする。前方の空地はいずれ花を植えるとかで、招待客に配ら

橋元正彦氏提供

れた「完成予定図」には、白い石のモニュメントをつつむように色さまざまな花が配置されていた。

外はまだ空地のままだが、新社屋の正面ロビーから階段にかけては花で埋まっていた。祝賀の花環がところ狭しと並べてあった。何の気なしに贈り主の名前をながめていて、はじめて私は佐藤進一の会社の特長と性格を知った。新日本製鉄の子会社であって、数ある子会社のなかで中程度の規模らしい。大会社の受け皿でもあるが、佐藤進一の会社自体がいくつかの子会社をもっており、ひとまわり小振りのかたちで親会社の役まわりを果たしている。そういえばズラリと並べてある花環は、あきらかに意図して配置されていた。花の大きさ、添えられた巨大な名札が親と子と孫の秩序を厳然として伝えているかのようだった。

記憶のなかの佐藤進一はきちんと勉強して、何ごとにもソツのない優等生だったが、それがすっかり変わっていた。顔は日焼けが何重にもしみついたように赤茶けていた。額がハゲあがり、耳から後頭部にのこった髪はもはや灰色にちかいのだ。ノド元にシワが垂れ、腹がいびつにせり出している。まわりに視線をやるときの目つきが鋭い。それでも私が近寄ってきたときは目尻がさがって、むかしの高校生を思い出させた。

花環の並びと同じ秩序が落成式にもあらわれていた。新日鉄の幹部につづき、商工会その他、つぎつぎに祝辞を述べた。そのたびに社長はフロック姿の背すじをのばして立ち上がり、答礼をする。親会社の幹部のときは、その腰が九〇度の角度で折れまがった。同じ立場である子会社の場合は、こころなしか角度がゆるやかになり、孫会社からの祝辞になると、軽い会釈になった。

式典のあと、市中のホテルの大広間で祝賀会が催された。業界とかかわりのない人間は私だけであって、所在なげに壁ぎわで料理をつついていると、佐藤進一がそそくさとやってきた。あとでゆっくり話をしたいから、もう少し我慢してくれ――。そんなことを耳元でささやくと、躍るような足どりで客のなかに入っていった。腰をかがめ、あるいは大仰に握手をし、ときには呵々大笑してそっくり返り、親しげにまた深々と腰をかがめる。秘書に何かをささやいたかと思うと、つぎには白髪の長老を抱きかかえ、さらにまた人ごみの一人を目ざとく見つけて声をかけ、ときにはまたいそいそとグループ同士を引き合わせる。祝いごとのなかにも商談がまじりこむらしく、ビールのコップを握ったまま、表情が急に険しくなり、小さく何度もうなずいてから思案顔で天井をながめた。

私は場ちがいな人間であるのを気どられないよう、そっと広間を往き来しながら注意深く、見え隠れする友人の姿を追っていた。皮肉っぽい目で見たいとは思わなかった。むしろいたましいような思いがあった。私が憶えている佐藤進一は徽章《きしょう》つきの中学の帽子がよく似合った。どちらかといえば童顔で、高校生になってからもその面影がのこっていた。休み時間にはどこか遠くを見るような目つきをして英単語を暗記していた。それがいまや雑巾《ぞうきん》を煮しめたような顔になり、不格好なフロックを着て、米つきバッタのように腰をかがめ、いそがしく広間を跳びまわっている……。


夜の十時すぎ、ホテルの部屋に電話がかかってきた。降りていくと、地下のバーの隅で佐藤進一が水割りを飲んでいた。地味な背広に着換えていて、目がやさしげに笑っている。祝賀のあいだ、しきりに飲み物を受けているように見えたが、実は一滴もノドを通さなかったそうだ。

「そういう芸当は上手になった」

少しさびしげに言った。それから改まった口調になった。

「あんた、人間は石やと書いとったねえ」

「…………？」

しばらく考えてから気がついた。たしかに、いちどそんな意味のことを、ある雑誌の巻頭エッセイに書いたことがある。二代目社長にあたる父親が急死した直後のことだったそうだ。佐藤進一はたまたま手にした雑誌に見覚えのある名前を見つけ、感銘を受けたという。

「同期のよしみで、つき合いをしてもらおうと思うてね」

目尻にそって幾本ものシワが寄っている。赤茶けた顔は人の世の現場に生きる人間特有の張りと重みをもっていた。目の前の姿がやにわに何倍にも大きくなった気がした。

……人間は死ぬと石になる。何万年も何億年も石になってこの世にいる。それが証拠に、石のあるところにはきっと古い遺跡があるものだ。やがて石は切り出されて建物や橋の土台になる。あるいは死者を弔う墓になる……

たしか、そんなふうに書いた。なんとイヤ味な文章ではないか。そんなくだりから、佐藤進一は西島のマルトバ遺跡や石切り場を思い出したらしい。レトリックめいた「人間は石」から、私はときおり高いところに登って、まわりを眺める効用を説いた。山はむろんだが、ビルの屋上でも、どこでもいい。俯瞰は距離を教え、広がりと遠さはきっと全体を一つの客体としてながめる余地を与えてくれる。われとわが身にほどこす健康診断であって、全体を秩序立ててながめ、そのなかで、おぼつかない自分の位置を見きわめるすべを教えてくれる。

中小企業の社長らしい教訓好きなどと、私はもう思わなかった。同期のよしみで感謝すべきは、むしろこちらのほうだった。何か泣きたいような気持になって、私はしばらく手のコップを見つめていた。

「明日、西島に寄って帰るかナ」

ひとりごとのようにいうと、佐藤進一は童顔を見せてニコニコした。家島港で乗りつぐと西島へわたれるが、一日二便きりなので日帰りはむずかしいそうだ。分教場はとりこわされて立派な市の施設がつくられ、年中、だれでも利用できる——。

新社屋の前庭には、「頂上石」を模した白い石をモニュメントに置くのだと、佐藤進一はうれしそうにいった。花につつまれた石のイメージは悪くない。石の名前をたのまれたので私はよろこんでその手伝いを引き受けた。

## 終わりと始まり

ものごころついたころ、戦争が終わっていた。正確にいうと、終わったばかり。昭和二十年（一九四五）のこと。昭和という時代が、ようやく二十《はたち》を数えていた。いわば期せずして昭和の青春に立ち会った。

戦争で失ったものは大きかったが、得たもののほうが多かったようである。古い因襲が消え失せ、過去の権威が地に落ちた。そのはずだった。天皇が「人間宣言」をした。「新日本建設」が時の合言葉になっていた。

小学校に入学すると学級名簿が配られた。うす茶の紙に青みがかった黒インクで、アイウエオ順に名前が並んでいた。字が少し右にかしいでいて、ムズがゆいようなインクの匂いがした。ガリ版刷りだとおそわった。先生が自分でつくった。手で書くが、何枚でも刷れる。「ガリバン」という意味不明の言葉からして不思議だった。ガリガリという音とともに指先から文字が生まれてくる。ひとりでそんなふうに考えた。

学級名簿には保護者の欄があって両親の名前がしるされていた。「父」のところは、あちこちが空白になっていた。何人かに一人は両親とも空白だった。しかし、とりたててそれをどうとは思わなかった。父や母がいなくてはならないわけのものでもない。それが証拠に父や母がいなくても、現に自分はここにいる。言わず語らずのうちに学級名簿がそんな「教訓」を語っていた。

ラジオから「トンガリ帽子の時計台」が流れてきた。連続ラジオ放送劇「鐘の鳴る丘」の主題歌だった。そこにテンポよく歌われていた。「父さん母さんいないけど——」仲間がいるから口笛を吹いていれば何でもない。

　昨日にまさる今日よりも
　あしたはもっとしあわせに

子供の歌声がもっとも簡明に時代の思いを要約していた。

学校へ行く途中に鉄工所があった。大人たちが「カジ屋」とよんでいたのは、鍛冶屋の息子が南のはずれで新しくはじめたからだ。しかし、私たちはそれは鍛冶屋とはまるきりべつのものだと考えていた。旧の仕事場ではハゲ頭の親父がいつものように鋤や鎌や荷車の鉄の輪を作っていたが、鉄工所はそうではなかった。モーターが廻り、天井から鉄の鎖が下がっていて、大小のネジばかり作っていた。鉄仮面のような面をつけた人が厚い手袋をつけてしゃがみこみ、足元でバーナーの青白い炎がとびちっていた。

鉄工所が東の境界とすると、西の境界は結核専門の病院だった。山裾をまわったはずれに建てられた。一方、南の入口には米つき場があった。実際は古ぼけた小屋があるだけで使われていなかったが、名前だけがのこっていた。そして北のはずれを「サンマイ」といった。死者を焼くところで、北の山裾に屋根と四本の柱をもった棺台があって、その奥にレンガ造りのカマから赤黒い煙突がそびえていた。さらに奥に何十もの墓石が並んでいた。煙突から黒い煙りが立ちのぼる日は、なにかうす気味悪く、ひとりでいるのが怖ろしかった。

鉄工所と米つき場と結核病院とサンマイと——そのなかの四〇戸ばかりの集落が、さしあたり自分たちの世界だった。集落のほぼ中央に大歳神社があって、これを境に「カイチ（垣内）」に分かれ、北は「北ガイチ」、南は「南ガイチ」とよばれていた。古い米つき場と寺をもつ南が先にひらけたのだろう。南には大きなつくりの家が多く、北の地区は概して小振りだった。戸数がふえるにつれ神社の背後へとうつり、サンマイのある北の方にのびていったと思われる。南北のカイチに微妙な区別があって、もちまわりの行事であれ何であれ、まず南からはじまった。

大歳神社の秋祭りには獅子舞いが演じられた。子供の演目に役がわりあてられる。いい役はおおかた南ガイチの子供で占められていて、トリの役は旧家の子に限られた。昭和の青春に生まれ合わせたが、まわりの社会では戦前からの秩序と慣習がゆるぎなく生きていた。

南北の軸といったものは固定している。だからこそ鉄工所は東に、結核病院が西につくられたのだろう。数年のうちに鉄工所は建て増しされ、結核専門が一般病院に拡張された。まわりに一つまた一つと人家が建ち始めた。南ガイチの旧家にかわり、鉄工所の社長や病院長がい、い、のしてくる。南北の道は狭くて曲がっており、車一台がやっと通れるだけだったが、東と西にはいつのまにか駐車場がつくられ、黒塗りの自家用車や荷台の大きなトラックが走りこんできた。

しかし、それは少し先の話である。車はまだ珍しかった。クルマというと荷車であって、鉄の輪のはまったのを「車力」といって人がひいた。荷が重いときとか急な坂道になると、引き手は肩から胸に太い帯をかけた。子供があと押しをいいつけられた。

同じ荷車でも大型で、馬がひくのを「馬力」といった。山のように木材を積んで馬力が定期的に通っていく。そっと追っかけて、馬力のうしろにぶら下がるのが少年の冒険の一つだった。見つかると前から罵声がとんできた。

北の山裾から流れ出る水が何本かの用水を兼ねた小川になっていた。釣るほどの深みはなく、網ですくった。夏になると「かいぼり」をした。魚の寄ってくるところに目星をつけ、その上と下に堰をつくる。小石を土台にして、両手で川の泥をすくい上げ何度もなすりつけた。夏の陽差しを受けて、みるまに泥が乾き、黒ずんだ土堤になった。

そのあとバケツや両手でかい出しをする。水が少なくなってくると、フナやドジョウがはねた。川エビが逃げまわる。私たちはテンコチとよんでいたが、小型のナマズのような魚がいて、これは動きが鈍いのだ。泥まみれになって手づかみにした。ドジョウの口元にはヒゲがあり、ノドから腹にかけて白いすじがある。つかまると苦しがって、口をパクパクさせ、喉元がヒクヒクと波打った。

「かいぼり」が終わると仲間で分けた。大物は捕えた当人のもの、小魚は数に応じて分配した。帰る前に堰をこわして元どおりにするのがきまりだった。囲いがとけて再び水が流れ出すと、大仕事が終わったような、何かものさびしい気持がして、黙りこくって家に帰った。

「お祭りのロクさん」とよばれている人がいた。酒好きで、昼間から酔っぱらって庭先で高いびきをかいていたりした。そんな困り者だが、祭りには欠かせない。寄付集めから獅子舞いの準備、練習をとりしきった。笛も太鼓も上手で、「ヒュー・トロロ・ヒャラ・ヒュー・トロロ・テン・トロロ……」と、何度も口まねをして若い者に手ほどきをする。祭礼の日は羽織はかまに威儀を正して奥の詰め所にすわっていた。半紙に筆で供え物と供えた人の名を書いていく。流れるような達筆で、別人のように威厳のある顔をしていた。

昭和二十五年（一九五〇）六月、朝鮮戦争が勃発した。わが国は「特需景気」で沸き立った。それまで保全管理工場だった広畑製鉄の第一高炉に火が入り、大製鉄所がよみがえった。操業再開を祝って町に屋台や山車がくり出した。

それは海辺の出来事だったが、変化ははっきりとつたわってきた。鉄工所の前の空地に、つぎつぎと鉄材が運ばれてくる。鉄仮面が何人にもなり、青白いバーナーの炎が重なりあってとびかっていた。開け放しの作業所から夜遅くまで明かりが洩れ、遠くに大きな赤っぽい玉をつくっていた。

駅前には鉄筋コンクリートのデパートができた。「ヤマトヤシキ」の名前は「大和」にちなみ、多くの店が「和」をつくって集まるヤシキの意味だとおそわった。おもえばそんな命名にも、古風な商人精神と新しい時代のセンスとが混在していたのがみてとれる。

デパートは定価制をとっていた。一銭も「まから」ない。値引きをしない。当時、どの小売店も正札ではなく、符帖をつけているだけだった。客によって売り値がちがい、かけ値をしたり、値引きをしたなかで、デパートはまるでちがっていた。ビタ一文もまけないことによって、その商品の品質を保証している。そんなイメージを打ち出して登場した。

子供ごころに商売というもののフシギを思い知った。ときたま親につれられて駅前へ出ると、裏通りでは闇市が健在で、にぎやかな売り声がとびかっていた。洋服のたたき売りでは、値段がたちまち半分、あるいは三分の一にも下落していく。

「安かろう悪かろうとお思いの方に、はっきりと申し上げる」

ダミ声の男がやにわに居丈高になって商品を突き出した。デパートの品と何のちがいもない。疑いの向きは、わが手でたしかめてみるがよかろう——。

一つ辻を進むと昔ながらの商店街で、腰の低い店主が応対に出てくる。小声でやりとりがくり返された。店主の方が客に「買物上手」だとお世辞をいうことがあった。値段が折り合わず商品が引き上げられたり、客が帰りかけることもあったが、それもやりとりのうちで、つぎの手順のためのお芝居らしかった。

大通りに出てくると、デパートが威容を誇っていた。ショーケースに収まったどの品も値札をもち、たとえ闇市の洋服や小売店の「つるし」と寸分ちがわないようでも、しかし、何かがちがっている。そのはずであり、並外れて大きな建物と、優雅な飾りつけと、シャレた制服の売り子たちが、その「何か」を信じさせる空気をただよわせていた。

昭和三十一年（一九五六）の経済白書は一名「もはや戦後ではない」、それが流行語になった。昭和もまた三十一歳、おのずと肥満の兆候のみえる中年にさしかかっていたわけだ。私たちのまわりでも名ばかりだった米つき場が取り壊された。火葬は市の火葬場で行うようになり、陰気なサンマイが姿を消した。いずれも跡地が整地され、小ぎれいな住宅地になった。南北の境界がなくなるとともに「カイチ」の区分が曖昧になってきた。

勤め人が多くなり、三日の祭礼が一日にちぢまって獅子舞いは廃止された。「お祭りのロクさん」は急速に年をとり、髪は灰色、目は落ちくぼみ、鼻は酒焼けで南天の実のように赤かった。夜中に酔っぱらって、何やらわめきながら裏通りを歩いていた。

高校に入った年だが、私は「寺山修司」の名前を知った。青森の高校生で、十八歳のとき『短歌研究』という雑誌の新人賞をとった。五十首の連作で、タイトルが「チェホフ祭」。

向日葵《ひまわり》は枯れつつ花を捧げおり父の墓標はわれより低し
そんな短歌を手帳に書き写した。英文法や代数を尻目にかけて、特有のリズムをもった三十一音が呪文のように囁きかけてくるのだった。

失ひし言葉かへさむ青空のつめたき小鳥撃ち落とすごと

マッチ擦るつかのまの海に霧ふかし身捨つるほどの祖国はありや

聴き耳を立てるようにして、時代の先導者の足音を聞いていた。もの静かな日曜日の昼さがり、門口に鈴の音がチリーンと鳴った。御詠歌あるいは和讃をとなえて門付けをしていく。まだそんな人がいた。足音が遠去かり、またもとの静けさにもどる。眠ったようなその静けさが、のんびりとした土地訛りと同様に苛立たしくてならなかった。

時代が青春を失ったとき、おのずとわが青春がはじまった。寺山修司は生涯、東北弁が抜けなかったようだが、私もまた播州弁がいまも変わらず身についている。

JASRAC 出 2008856-001

# 播磨を想う

## バスに揺られて海山ゆけば

バスが好きだ。ひとり旅のときは、たいていバスを使う。ひとりだから気ままができるし、急ぐ必要がない。そもそも急ぐ旅は旅の名に値しない。

取材で出かけるときも、なるだけバスにする。この場合は、多少とも厄介だ。取材先から車をまわされたりするからだ。丁寧にお断わりしても、なかなか納得してもらえない。

「なにしろバスが不便ですから——」

便が少ないということ。そこのところも承知の上なのに、やはり迎えに行くという。ご案内をしたいというのだが、それはこちらがいちばん望まないことなのだ。

ひとり旅と取材とを問わず、なぜバスがいいのか？　タクシーや車とちがって、すぐには乗り込めない。発車まで待ち時間がある。どうかすると先の便が出たあとで、二時間、三時間と待つことになる。これがいいのだ。

当節はたいてい駅前に、町の広告を兼ねた絵地図が立っている。

「水と緑とロマンの町」

「桜とボタンと湯けむりの里」

キャッチフレーズもついている。水と緑はともかく、どういう点で「ロマンの町」かは不明だが、なにやら期待で胸がふくらんでくる。桜とボタンとは季節がちがうから、同時に鑑賞するわけにいかないが、湯けむりに強い味方がいるぐあいだ。

ものさびしい町であれ、その地方特有の古いつくりの家と出くわしたり、昔なつかしい看板を見かけたりもする。製薬会社の広告に、いまは亡き浪花千栄子がほほえんでいる。

あるとき絵地図にあった近くの神社を訪ねると、絵馬堂にズラリと絵馬がかかっていた。江戸末期や明治のころのものが多いのは、絵馬の奉納が流行したのだろう。巷の絵師たちの名作である。けっして美術辞典には出てこないが、構図といい色づかいといい、驚くほど大胆だ。

めっけものがなくてもかまわない。神社はきまっていい位置に建てられており、石段を上がっていくと、思いがけないパノラマに行きあえる。拝殿に腰かけ、途中で買ってきたミカンなどをパクつきながら辺りをながめている。一時間や二時間はすぐたつ。待ち時間のあいだに、予定外の小旅行をしたぐあいである。

バスはまた車やタクシーとちがって、自分だけという乗り物ではない。いろんな人が乗ってくる。地元の人の足であり、顔見知りが話をする。ナマの土地言葉が耳にできる。秋田や岩手の田舎で、おばあさん同士のやりとりを聞いていると、とても日本語とは思えない。

「うんちゃ……そうズラ……ねっちゃ」

のべつ出てくる言い方にも、微妙にイントネーションに変化があり、意味も少しずつちがうらしい。前の席の人がからだをねじまげて、うしろの人と話している。横があいているのだから、隣りにすわればいいと思うのだが、終始ねじったままで、たぶん、そのほうが話しがいがあるのだろう。

長い路線で、客は始発から当方ひとりといったことも少なくない。そんなときは、さりげなく運転手さんに声をかける。知っていることでも、わざと知らないふりをしてたずねる。話のきっかけになればいいのだ。相手は毎日の業務に退屈しているから、よろこんで答えてくれる。ついでに沿線のあれこれも教えてくれる。わが専用のバスガイドというもので、はやくも取材の半ばを終えている。

「ほほう……ナルホド……ナルホドねえ……」

相槌を打っているだけでいい。知ったかぶりをしないのがコツである。ついでにラーメンやソバの店の情報もいただいておく。

三州足助《あすけ》といって、愛知県の山間の町を訪ねたときのことだが、運転手さんから、途中に松《まつ》平《だいら》、杉平《すぎだいら》という二つの集落があることを教えられた。ほんの一字ちがいだが、まるきりちがう。どの点で、どうちがうのか。

「松は家康だが、杉はなんにもなしだわサ」

何のことかわからず、ポカンとしていた。やがて話を聞いていくうちにわかってきた。山一つをはさみ、一方が松平で、他方が杉平。むかし、松平の里にひとりの僧がやってきた。息子をつれており、利口な、器量のいい青年だった。望まれて里の旧家の入婿になり、そこから生まれたのが徳川家の先祖だという。松平から岡崎、ついで尾張に出て、やがて天下を平定した。「松平」が出世のきっかけなので、目をかけた家来には、どんどん松平の姓をくれてやった。

「ほほう……ナルホド」

いつもの相槌を打っていたが、永年の疑問がとけた思いだった。たしかに徳川幕府には松平ナニガシがどっさりいた。杉平ナントカはまるで聞かない。

それまで乗客はひとりだった。松平のバス停近くに高校があるらしく、制服姿がドヤドヤと乗ってきた。どういうわけかカバンなしで、全員が髪を三角に刈りあげたり、コゲ茶色に染めていた。いずれ天下を平定する三河の逸材だろうが、髪の手入れにお疲れらしく、全員へたり込むようにすわったかと思うと、だらしなく寝てしまった。

以前、『バンカル』に「播磨ものがたり」を連載していたころ、ずいぶんバスのお世話になった。一応「ものがたり」というスタイルをとったので、取材してそのままというわけにはいかない。ちいさなストーリィをまじりこませる。

そのためにはよく見ること。こまかいことに気をつける。ちょっとした対話の切れはし、やりとりのときの表情や仕ぐさ、別れぎわのひとこと、そういったものを糸口にして想像をふくらませる。バスの中がいちばんだ。

「よんべは、どうも」

乗ってきた人が声をかける。同じ播州弁でも、西と東でけっこうちがう。海寄りと山間とでもかなりちがう。「ゆうべ」を「よんべ」というのを久しぶりに耳にした。

「……急にいんでしもたった」

誰のことかはわからないが、「いんでしまう」は「いなくなる、帰ってしまう」だと、しばらく考えてやっとわかった。とたんに「ものがたり」が動き出す。

「なんやらかざがするねェ」

急に隣りのおばさんに声をかけられた。開いた窓から、たしかに甘ずっぱい匂いが流れこんできた。しかし私には「かざがする」の言い方のほうが新鮮だった。

わが国にごまんとある川のなかでも「夢前川」は、とびきり美しい名前である。雪彦山行きのバスは、どこまでも川に沿っていく。御立《みたち》、玉田、横関、置塩、塩田、前之庄……。バス停のアナウンスが音楽のようで、とともに川の帯がしだいに細まり、一筋の流れになって終点。

一日二便きり、たっぷり待ち時間がある。たしか賀野神社といったと思うが、雪彦山の山裾に立派なお宮があった。イザナミ、イザナギの両神に加えて「保食《うけもち》の神」を祀っている。農業の守り神であって、拝殿の前に銅づくりの大きな牛が寝そべり、馬がたてがみをふるわせていた。わきに「牛馬安全」の石碑。播州の地にあって、いかに牛と馬が暮らしの仲間だったかがよくわかる。

播磨に奇妙な相撲集団がいた。とりわけ宍粟郡一円に名力士が輩出した。一宮町にたくさんの力士塚がある。そのこともバスで知った。

里の力自慢が一門をおこし、弟子をとった。毎日のように神明社の境内で稽古をした。やがて秋祭りの奉納相撲、晴れの大一番だ。

「賞品に餅がもらえたなァ」

餅のほかにいろいろな賞品がついて、リュックサックに詰めて帰ったそうだ。

いまでも大相撲の千秋楽には、優勝力士に米や卵や野菜が贈られる。テレビがながながと賞品授与式をうつし出すが、無意味ではないのである。そのかみに村々で演じられていたチカラビトの競演に欠かせない風景だった。

そのことを教えてくれたバスの老人は、もしかすると若いころ、力自慢の一人だったのかもしれない。やおら手刀を切るような仕ぐさで立ち上がり、ついで土俵入りの力士のようにノッシノッシと出口に向かった。

## ◈◆

# 姫路駅三代

いまもよく覚えている。木造平屋建て、スレート葺きの屋根に大きな「姫路駅」の看板がのっていた。となりあって待合室、反対側に手荷物と貨物取扱い所。前はだだっぴろい広場で、正面が御幸通り。東に小溝筋《おみぞ》。大手前通りはまだなくて、バス乗り場の向こうにバラックの並びが見えた。

私にとっての「初代」姫路駅である。はじめて改札を通ったのは、母につれられて西宮の親戚を訪ねたときだが、広いホームにまっ黒な機関車がゴーゴーと湯気を立てていた。

「ヒメジー、ヒメジー、バンタンセン、ノリカエー」

歌のように上から声が降ってきた。駅弁売りがそっくり返る格好で駅弁を売りあるく。母が知り合いと出くわして、のんびりと立ち話をはじめた。野球帽の少年は、汽車が「時刻表」によって動いていることを知らなかった。バスと同じように、人が乗り降りし終えると発車するものと思っていた。このまま出てしまったら、ひとりでどうする？ 必死になって母親によびかけた。

戦前を知っている人なら、これは初代ではなく二代目にあたる。大正時代の駅舎があったからだ。厳密にいうと、明治二十一年（一八八八）、山陽鉄道の神戸・姫路間開通とともに最初の姫路駅ができたわけだから、さらに代がさかのぼる。いずれにせよ、昭和二十年（一九四五）七月の姫路大空襲は、中心街もろとも駅舎を焼き払った。敗戦の翌年十月、「木造平屋建ての仮建設」で再建。私は昭和十五年（一九四〇）生まれであって、その仮建設の駅舎を通って、はじめての汽車旅行をした。走っている列車の窓から半身をのり出し、危うく落ちかかったというから、よほど興奮していたのだろう。そのとき覚えた「旅」の味は以後長い人生にあって、かわらず私を誘惑しつづけた。

「民衆駅」とよばれる二代目がつくられたのは昭和三十四年（一九五九）であって、それまで仮建設が、おりおりの修復を受けながら使われていたのではなかろうか。焼け跡・闇市が姿を消したころ、広場に「リンタク」とよばれるタクシーがあらわれた。幌《ほろ》つきの人力車を車輪の太い自転車で引いていく。ガソリン不足が生み出した珍現象であって、このリンタクと「担《かつ》ぎ屋」とよばれた荷売りの女性たちが仮建設の駅舎とともに、一時代に特有の風景を生み出していた。

高校二年の夏、私はそんな姫路駅を振り出しにして本州一周の旅行をした。そのころ「やまとやしき」にあった日本交通公社で周遊券をつくってもらったが、係りの人が路線を書き入れながら、「こりゃスゴイ!」と呟いたほどだから、よほど珍しいキップだったのだろう。まずは姫路から西に進み、下関で北へ転じ、日本海に出ると東へ方向をかえ、松江、鳥取、若狭湾沿いに北陸本線に出て、ついで羽越本線で北上。青森から国鉄バスで八甲田を抜け、奥入瀬渓谷経由で岩手に出て、ここからはまっすぐ南下し、東京から中央線で信州、飯田線で豊橋、名古屋から関西線で大阪、山陽線にもどって振り出しの姫路――。

周遊券は一カ月有効、学割は五〇%割引。さらに周遊割引の一二%が加わって、いま思えばウソのような値段だった。リュックサックに進駐軍放出の寝袋をつめ、駅舎のベンチをホテルにする。当時の若者が愛用した旅のかたちであって、とりたてて無鉄砲というのではない。さすがにお風呂が恋しくなって金沢と秋田で駅前旅館を利用した。秋田では相部屋の商人が、高校生の一人旅はエライと感心して、部屋代を払ってくれた。ついでながら、「相部屋」がわかりにくいかもしれないが、そのころの安宿の通例で、畳部屋に早い客からふとんを敷いて泊らせる。金沢では寝たときは一人だが、目を覚ますと六人が眠っていた。

二週間の予定が、高校生はたのしいままに時と費用を使いすぎて、忘れもしない、十日目に青森へ着いたときは所持金が百円ポッキリ。そこで思案して、なけなしの百円で板チョコレートを買い、四角いカケラを日数で割って、まる三日間というもの、チョコをなめては駅の水道で腹をふくらませ、ひたすら周遊券の路線のまま列車に揺られていた。

「ヒメジー、ヒメジー、バンタンセン、ノリカエー」

いまなお耳の奥に、あの声がしみついている。ホームに降りたとたん、全身の力が抜けてフラついた。跨線《こせん》階段がどうしても上がれず、手すりにしがみついて這うようにのぼっていった。空腹のあまりだが、それ以上に「ふるさと」というものが与える安心感のせいだったのではなかろうか。その後、帰省のたびに体験したが、少し間のびしたような播州弁が聞こえだすと、全身のこわばりが消え、まわりの空気までがやわらいでくるのだった。

おりしも御幸通りの西側で大きな土木工事が進行していた。さしあたりは「五〇メートル道路」とよばれ、幅五十メートルの道路が駅から城の大手門までを貫く。バラックの立ちのきが終わり、だだっぴろい空地がひらけていた。バスが生活の足のおおかたをまかない、車の影が珍しいような時節に、広い車道を左右にもった大路をつくる。「土木市長の道楽」と陰口をたたく人もいた。クルマ社会の到来を見こした英断だったとわかったのは、ずっとあとのことである。

道路計画とタイアップして、わが二代目姫路駅の工事も進んでいた。それが「民衆駅」とよばれたのは、旧国鉄が財政難を理由に新しい駅舎の建築費用の一部を自治体と民間にゆだね、「駅デパート」にあたる商業施設を併置したからである。当今おなじみの「エキナカ」の大先輩であって、「民衆駅」が全国にどれほどつくられたのか知らないが、姫路民衆駅は最も注目をあび、かつまた成功したケースだった。

昭和33年の姫路駅（株式会社フェスタ提供）

その昭和三十四年は皇太子が民間の女性と結婚した年である。美智子妃にちなむ「ミッチー・ブーム」で日本中がわき返り、テレビが一挙に普及した。東海道新幹線の起工式が行われた年でもある。週刊文春、週刊現代など続々と週刊誌が創刊された。スピード、メディアにわたる大きな潮流の始まった年である。新姫路駅の正面は、もはや御幸通りではなく、新設の五〇メートル道路とドッキングした。明治天皇の行幸に由来する「御幸」から、「民衆」駅に直結する車道主体の道路の誕生。おもえば姫路駅周辺の変化が、この上なく明快に新時代の到来を告げていた。

とはいえ私は完成直後の風景を見ていない。同年四月、東京の大学に向かうため、夜行列車で姫路を発った。そして翌朝、ご成婚さわぎの只中の首都の雑踏にまぎれこんだ。

姫路駅三代は、多少とも家系のはじまりの三代に似ているような気がする。初代は、一代で家を大きくする人におなじみのよく気のつく苦労人のタイプで、質素倹約を説くプラグマチスト（実用主義者）のしっかり者。おごりを戒め、投機的な商いに手を出さず、せっせと財をなして次へと引き継いだ。

二代目はしっかりと初代の訓育を受けた働き者ながら、実用一点ばりというのではなく、遊びごころがある。私は帰省のたびに民衆駅地下のダシ汁で食べるタコ焼きを食べ、三階の「文化ホール」でニュース映画を見た。下に安くて旨い食べ物が、上に最新情報をそなえた駅舎のつくりに感心した。五〇メートル道路は「大手前通り」と命名され、年ごとに街路樹が育ち、ビルが並びだし、車がふえていく。新幹線が岡山までのび、姫路駅が新幹線ネットに組み込まれてから、駅前のたたずまいが急速に変わっていった。地方色ゆたかな風俗がうすれ、神戸・大阪、あるいは東京風が場を占めていく。名城で知られた旧城下町が活発な新産業都市に衣更えをして、自分が育った裏山も池も住宅地に呑みこまれた。ながらくなじんだ記憶のしるしが一つ、また一つと消えていった。

昔の人は「長者三代」といって、豪家や大家の栄華も長くはつづかないたとえにしたが、駅の三代は巧みに性格をとりかえて、つつがなく成長をつづけている。先日、久しぶりに姫路に帰り、親しい画廊主人や友人、知人と会食をした。ホテルにもどるすがら、三代目となる姫路駅をゆっくりと一巡した。エキナカのテナントの大半がカタカナ文字で、世に知られたブランドとかかわり、最新のデザインで埋まり、華やかなサロンを思わせた。駅が土地と風土の証人役であるような時代は終わったのだ。巨大化するにつれて、どこも同じ相貌をおび、同じ意匠で、同じ「現代」を扱っている。背後には同じメロディが流れている。

「ぼくが若かったころ――」

誰もがかつては若く、万感の思いをこめて出ていく列車の汽笛を聞いたり、駅のホームで感傷にふけったりした。三代目の軽快なメロディは、ひとときも休まないエスカレーターのように、一巡するとまたもどってくる。駅のホームには機敏で、エネルギッシュで、さまざまな予定と計画でいっぱいの人が列をつくっている。その人たちを呑みこんで、三代目の胴まわりは大きく、美しいブランド服を着こんでいる。そしてこの私といえば、いまやほんのわずかなご馳走と、ほんのわずかな飲み物で足り、小さな旅行カバンと着古したヤッケ姿で、人の列にまじっている。夢のような昔を、つい昨日のことのように思い出すが、気がつくと半世紀をこえる歳月が流れ、あらためて過去への旅をするには、ややまわりが明るすぎる。

## 駅が教えてくれたこと

幼いころになじんだ駅名を、まるでお経のようにして覚えている。二つあって、一つは、ヒメジ・ゴチャク・ソネ・ホーデン・カコガワである。加古川に親戚がいて、何度か母につれられて行った。国鉄時代で、まだ蒸気機関車が走っていたころである。

もう一つは、ヒメジ・テガラ・カメヤマ・シカマで、亀山に浄土真宗の大きな寺があり、こちらは祖母に手を引かれて通った。ゴホンコウとかオジュッサマとか、わけのわからないことを言い聞かされた。山陽電車は姫路駅を出ると大きくカーブする。高架の上で一度とまり、ついでソロソロ手さぐりするように動き出した。寺のお説教は退屈だったが、高架の上からながめる景色は背中がゾクゾクした。カメヤマのゴホンコウのあと、いつもシカマへ出てカヤクうどんを食べた。祖母はうどん好きだった。子ども心に、うどんにどうして火薬《かやく》が入っているのか、フシギでならなかった。

中学生になってから西宮の親戚へ出かけるようになり、お経がカコガワ・ツチヤマ・オークボ・アカシと長くなった。魚住や西明石といった駅はまだなかった。加古川のあとを数えるときでも、はじめから唱えるクセがついていた。だから今でもヒメジ・ゴチャク・ソネ・ホーデン――とたどって、やっと神戸にたどりつく。

小・中学を通じて学校の海水浴場は白浜だった。山陽電車で行く。こちらもやはりヒメジ・テガラ・カメヤマ・シカマと唱えていって、メガ・シラハマである。あとは用がなかったが、お経ではヤカ・マトガタ・オーシオとつづいて、サンデンソネでしめくくった。駅名としては山陽曽根のはずだが、サンデンの方がしめくくりの調子がよかったせいだろう。

姫路駅がまだ民衆駅になる前であって、木造平屋建て、スレート葺きの屋根に大きな「姫路駅」の看板がのっていた。戦災で焼けたあと、仮に再建したものを修復、拡張しながら使っていたのではあるまいか。御着、曽根、宝殿のどこも姫路駅をうんと小さくしたような木造平屋で、スレート屋根にペンペン草が生えていたりした。駅舎のまわりはほとんど田んぼで、田植えのころ列車が時間待ちしていると、天地をふるわすようにカエルが鳴いていた。

とりわけ宝殿駅をよく覚えているのは、学校の遠足が「石の宝殿」だったせいだろう。駅前の広場に整列してから、ゆるやかな坂道を歩いていった。しだいに石切り場が近づいてくる。

大きく削がれた石の壁がブキミだった。神社への道に入り、石切り場が隠れるとホッとした。

「日本三奇　史蹟　播磨國乃寶殿　生石神社　旧社格縣社」

大きな看板が目にとびこんできた。謎の石のことを聞かされていた。「しずめのイシムロ」といって、水をたたえた石の室に、四角形の大きな石が浮かんでいる——。

ずっとのちに知ったことだが、万葉集に「石のみやゐ」などの名でうたわれており、当時すでに謎の石宮として知られていたらしいのだ。石室は「浮石」ともいって、水中に浮く様式をとり、三間半（約七メートル）四方で、高さ二丈六尺（約六メートル）。きちんと水脈の上に造られていて、この水はいかなる旱魃《かんばつ》にも涸れることなく、万病にきく霊水とされていた。

紀元八世紀以前に水脈を探し当て、その上に巨石を正方形に切り開ける技術をもった石工集団がいたわけだ。石には溝のようなものが三方についていていて、何かの用にあてられたと思われるが、はたしてどんな用向きによったのか、いっさいわからない。

奈良の明日香村に「鬼の俎《まないた》」「鬼の厠《かわや》」とよばれる石造物があって、やはりいつのころ、どのような目的で造られたのかわからない。ともに神社の儀式の舞台になったと思われるが、証拠立てる文書がなく、一個の巨大な謎というしかない。

むろん、遠足の生徒は、そんな謎にとんちゃくしない。

「ベンキョウができますように」
皆でお参りしたあと、裏手の高台を走りまわった。石切り場は危険なので近寄るなといわれていたが、こっそり入りこんで、白っぽい花崗岩のかけらをひろってきた。宝殿駅の駅舎の前の水道で洗って、宝物のようにくらべ合った。

遠足の少年は、のちにドイツ文学を学ぶようになり、ドイツ語にもホーデンのあるのを知った。辞書にはHodenに「精巣」「睾丸」の訳語がついている。俗にいうキンタマである。もしドイツ人夫婦が山陽本線の鈍行に乗り合わせ、宝殿駅で駅名のアナウンスを耳にすると、多少ともテレながら顔を見合わせたりするのではなかろうか。

白浜の海水浴場と縁が切れて、一方のお経は幼いころの淡い記憶にとどまったが、国鉄コースは以後、数えきれないほど往復した。東京の大学に受かって郷里を離れたのは昭和三十四年（一九五九）だが、ちょうどその年に木造平屋の駅舎が三

谷川恵一氏提供

階建てのビルになった。それが「民衆駅」と呼ばれたのは、旧国鉄が財政難を理由に新駅舎の建築費の一部を地元自治体と民間にゆだね、駅デパートにあたる商業施設を併置したからである。現在おなじみの「エキナカ」のはしりであって、民衆駅が全国でどれくらい誕生したのかは知らないが、姫路駅はもっとも注目され、かつまたもっとも成功したケースだったと思われる。

帰省するたびに姫路駅地下の食堂街で、東京では口にできないうす口のうどんを食べた。あるいはダシ汁つきのタコ焼屋に寄り道した。それから腹ごなしに三階の文化ホールでニュース映画を見た。そのあとやおら、わが家に向かった。下には安くて旨い食べ物、上には最新情報をそなえた駅は、まさしくわが故里の「プラグマティズム（実用主義）」の土地柄をあらわしていた。

そんな実用本位の駅舎を愛する一方で、奈良へ行くたびに私は国鉄奈良駅に見とれないではいられなかった。改札口が大きな吹き抜けになっていて、ドッシリとした円柱が支えていた。円柱はベージュ色の装飾タイルで覆われ、床はシャレた色タイルが幾何学模様を描いていた。駅舎全体がモダン寺院のようなつくりになっていて、屋根に五重塔のような九輪がのっている。外装にはバーミリオン色のスクラッチタイルがあしらわれ、テラコッタの彫刻がついていた。建築学で「帝冠様式」と呼ばれたモダニズムのスタイルを、寺院風にアレンジして応用していた。

ふつう旅行者は降り立った駅をあとにして、さっさと目的地に向かうものだが、まず駅舎をじっくりながめることにしたのは、奈良駅の美しさに気がついたのがきっかけだった。明治・大正のころ、鉄道という文明を迎えるにあたり、どのような駅舎にするか、土地の人には大問題だったはずである。乗降のための実用性をこえて、その町なり土地なりを象徴的にあらわすような駅舎にしたい。はじめてやってきた人に、まっ先に当地のイメージを伝える役わり。つまり、メディアとしての駅である。

実際、そのようにして造られていったのだろう。寺社のスタイルにかぎっても、善光寺のお膝元の長野駅、出雲大社の玄関にあたる大社駅、那智大社に通じる那智駅、どこも特色のある駅舎をそなえている。東京の東急・田園調布駅はドイツの小さな町に見るような駅舎だが、それができた昭和初年、田園都市の思想が唱えられていた。モダンな都市の暮らしの一方で、田園ののどかさをそなえた郊外生活である。イギリスに始まる思想が日本の都市近郊に個性的な町づくりをした。かすかな記憶ではっきりしないのだが、祖母と見上げた山電飾磨駅は、木造の建物にアール・ヌーボーとよばれた美しい装飾をそなえていたような気がする。よく見ると、屋根は半切妻のカブトづくりだったり、扇形の窓にステンドグラスが入っていた……。

戦後経済の高度成長のなかで、一九七〇年代ごろから古いものが惜しげもなく捨てられた。瓦屋根に白壁の民家、土蔵づくりの重厚な商家といったのが惜しげもなく引き倒され、みるまに人工建材の安っぽい家並みに変わっていった。この時期にニッポンの風土は一挙に醜くなった。

車社会の到来とともに国鉄・私鉄とも乗客減に苦しみ、とても駅舎まで手がまわらない。味わい深い瀟洒な建物が、タイルは欠け、ステンドグラスは汚れたままで、スペイン壁に落書きがされていた。やがて国鉄はJR各社に分離し、私鉄の統廃合があいつぐなかで、なじみのある駅舎が急速に姿を消した。保存の声があがったときは、たいていすでに手遅れで、駅舎跡が殺風景な更地になっていた。

ヨーロッパを鉄道で旅行した人はごぞんじだろう。車輌や設備は新しいのに、駅自体はいたって古いのだ。昔の王立鉄道時代のものがこともなく現在も使われている。はっきりした考えがあるからで、人間は過去をなくすると歴史を失う。歴史のない町は、思い出のない人間と同じである。だから古くても上手に改造して外観は必ずのこしていく。あるいは新駅はべつにつくり、旧駅は博物館や美術館に転用する。

もう一つ気がつくことがある。駅構内の店は、旅行また旅行者に関係するものにかぎってある。

カフェ兼用のレストラン、ボンボンやケーキの甘党の店、新聞や雑誌や旅ガイド本の店、観光案内・ホテル紹介窓口、両替窓口……。駅はあくまで旅行者が降り立ち、そそくさと市中へ入っていく通過点。あるいは旅立ちにあたり、つかのまの待機をするところ。町の玄関口であって、本体の町と共存共栄がモットーだ。いうまでもないことながら、魅力ある町でなくては誰もその駅にやってこない。

ひるがえって日本の現況はどうだろう？　ＪＲ系のエキナカが示しているが、駅は思想でもメディアでもなく、徹底してビジネスである。駅舎は途方もなく巨大化して、それ自体が称するとおり一個のマチなのだ。買い物、飲食ほか、おおかたのことが駅でできる。きらびやかな店はブランド店、フランチャイズ系、あるいは東京、大阪、京都のチェーン系で占められていて、大手は流行、意匠、情報を熟知している。かたときも休まず動いているエスカレーターのように、大きな駅舎全体がフル回転する「現代」そのものであって、旧来の地元資本や個人商店が、はたして対抗できるのか。駅栄えて町滅ぶ事態になりかねないか。これからの駅をいうとき、共存共栄のどのような形が成り立つのか、そのことも言わなくてはならないだろう。

私は駅を通してさまざまなことを学んだ。その上で言うのだが、駅はやはり、人が到着するか出発するところ。出会いと別れの場であって、それ以上は望まない。昔の恋愛映画には、終わりちかくに駅がよく使われていた。恋人が乗った列車が出ていく。一心不乱に列車を見つめながら、プラットホームを走って男が追っかけていく。プラットホームがとぎれ、そこで本当の別れになった。もっともいいときに別れる方法というものだ。駅が恋の切り上げ方まで教えてくれた。

## 昭和三十年

　岩波写真文庫の「姫路」が出たのは昭和二十九年（一九五四）である。同文庫の一一五冊目にあたり、モノクロ写真のみで全六四頁。定価一〇〇円。大当たりをとったシリーズであって、各冊がミリオンセラーになった。はたして全体でどれほどの冊数に達したものか。

　ちょうどいいときに始まった。発刊は「姫路」篇の二年前のこと、戦後の混乱がようやく落ち着き、生活に少しゆとりが出はじめたころである。あらためて「日本」という国。自分たちの暮らしをながめるための余裕ができた。電気洗濯機、電気冷蔵庫、テレビが「三種の神器」などと言われ、一般に出まわるようになるのは少々あとのことだが、テレビの放映はすでに始まっていた。写真による文庫はいち早く、活字に代わる視聴覚時代の到来を告げていた。それはアメリカ軍とともにやってきた民主主義とともに、眩しいような華やぎをもってあらわれた。そのせいだろう、写真文庫のはじめには、「アメリカ人」「アメリカ」「写真」「レンズ」といった刊行がつづいている。

「姫路」はシリーズのなかの風土モノの一つだった。さき立っては「いかるがの里」「京都」「高野山」「日光」などが出ていた。写真による風土記はまた旅への誘いを兼ねていた。食べるのが精一杯の生活から解放され、つましいながら旅行ができる。それかあらぬか「汽車の旅から—東海道」「地図の知識」なども入っていた。

「播州平野の中心に白い高雅な姿を見せて姫路城が聳えている」

「姫路」篇の説明の書き出し。「三名城といわれた名古屋、熊本の城を失った今、正に日本一の名城であろう」

とつづく記述からもわかるように、姫路という都市ではなく、天下の名城がこれをつくらせた。そのため収められた二百枚あまりの写真の三分の二ちかくは城にあてられ、期せずして「昭和の大修理」と称された大々的な修復以前の城郭の姿を克明にとどめている。

「……封建時代の領主の専制的権力なくしては実現できなかった城である。城塁の石塊の合い間〳〵に我々は当時の庶民の血と汗に彩られた呻《うめ》き声をきかねばならない」

古い城とともに、戦後民主主義が錦の御旗であったころの語り口が見てとれる。当時、インテリとよばれた人々は、みんなこんな口調でしゃべっていた。

私は昭和十五年（一九四〇）、姫路市新在家に生まれた。岩波写真文庫が出まわりはじめたころは十代の半ばだった。「姫路」を買った覚えはない。自分が日々暮らしている町を、わざわざ写真でながめたりはしない。

ずっとのちに手に入れた。故里を出て久しい時がたっていた。たまに里帰りするたびに故郷の変貌ぶりに目をみはった。当のものがなくなったとき、はじめてその意味がよくわかる。ある日、古本屋で懐かしい町と対面した。そのため私が所持している写真文庫「姫路」は古本屋の作法どおり、ウラ表紙にエンピツ書きで３００の値がしるされている。

天下の名城よりも、私には、添えもののようにつけられた町の写真や、城を背景にした何げない点景が興味深いのだ。そこに虫眼鏡をあてると、記憶のなかの風景とピッタリかさなってくる。

「大手門脇の内濠土塁より北望して天守閣を仰ぐ」

「中濠の外から天守閣を仰ぐ」

あのころ城はつねに「仰ぐ」ものだった。町の建物のおおかたが平屋か二階建てで、どこからでも石垣の上にスックとそびえる天守閣が目に入った。内濠の写真には土塁とともに、一台の荷車が写っている。馬が引いており、細長い荷車の前方で麦わら帽にちぢみのシャツの男が手綱をとっている。

私たちは「バリキ」とよんでいた。荷車の馬は脚が太く、胴と尻とがたくましかった。両目に目かくしのようなものをされ、首を激しく上下させながら歩調を刻むようにして引いていった。

小学生のころ、空の荷馬車にいき合わせると、そっとうしろについていった。そしてやおら荷台にとび乗った。あるいは指だけひっかけてぶら下がる。やがて前から怒声がとんでくると、あわててとび下り、スタコラ逃げ出した。

ずっとのちに知ったのだが、民族学者の江上波夫に「騎馬民族国家説」がある。戦後の学会にセンセーションを巻きおこした新説で、東アジアの騎馬民族が朝鮮半島をへてわが国に入り、先住の農耕民族を征服するとともに、大陸文化をもたらしたというのだ。

いくつか考古学上の根拠にもとづく学説だが、もしかするとそれ以上に、明治生まれの民族学者が日ごと往来で多くの馬を見ていたせいではなかろうか。荷車だけではなく、鋤を引く馬、軍人や役人の通勤用の馬。娘たちは馬の背にゆられて嫁にいった。昭和の子である私たちもまた、毎日のように馬のいる風景と出くわしていたのである。

「中濠と船場川。市橋《いちのはし》より北望」

いまもあると思うが、橋ぎわに「高瀬舟荷上所跡」の碑があった。川が水運に使われ、橋のたもとで荷の積み下ろしをしたのだろう。市橋はわが家から市中に向かうとき必ず通った橋であって、私たちは「メガネ橋」とよんでいた。左右の橋桁がゆるやかな半円形を描いていた。おそらく「大正モダニズム」といわれたころに設計されたのだろう。白いコンクリートの曲線が美しく、側面に優雅な装飾がほどこされていた。

もっとも、それは写真によって知ったばかりであって、幼い私たちには半ば恐怖の、半ば誇りの対象だった。手をそえずにメガネの半円をのぼり、また下りてくるのが仲間うちの冒険であったからだ。そろりそろりと歩を進めたときの足のふるえと、上に立ったときの全身を突き上げるようなよろこびを、いまなおまざまざと覚えている。挑戦をイヤがって逃げるとき、それは仲間に「アカンたれ」の烙印をおされ、みずからでも人生の最初の敗北にひとしかった。

写真にはむろん、そんな小さな挑戦者の姿は見あたらない。ごく日常的な橋であって、カンカン帽に白い夏服の人と、甚平にステテコ姿が歩いている。女性は日傘をさしており、服はあっぱっぱ、足は下駄ばき。

市橋界隈の店先に、ずらりとリボンのようなものが垂れているのは何だろう? よく見ると軒に魚屋の看板がのっている。となればあきらかだ、蝿捕りリボンにちがいない。どこにもワンサと蝿がいた。汲み取りの便所が大量に送り出してくる。蝿はとりわけ魚屋の大敵で、売り台の上に何本もの蝿捕りリボンが下がっていた。金魚鉢のような「蝿捕り器」もあった。どういう仕掛けだったものか、ひとたび入り込むと、もう出られない。さしもの蝿も命運つきて下の水に落ちるしかない。

女二人が店先で立ち話をしている。手にウチワをもっているのは夕涼みを兼ねてのことなのか？　そうかもしれないが、私の世代はウチワが風を送る以外に、まるきりべつの用向きをもっていたことを知っている。蚊を追い払うのだ。夏になるとワンワン音をたてて蚊が襲ってきた。夕方にはなおのこと執拗に攻めてくる。一カ所に蚊柱が立つほど蝟集していることもあった。

写真の立ち話の御両人も、のべつウチワでわが身を払っていたはずである。あるいは片足ずつあげて、蚊に威嚇のデモンストレーションをする。ウチワでもって、やにわに相手のおデコをピシリと打ったりした。そのおデコには、ひらたくへしゃげた蚊の残骸がくっついていた。

駅前がだだっぴろくあいているのは、五〇メートル道路がつくられていたからだ。モルタル二階建てがチラホラ見える。壁に洋裁学校の案内板。駅前だけでも、いくつもの洋裁学校があったはずだ。ミシンが家庭の花形だった。家ごとに夜おそくまで、ミシン針がせわしなく上下に動いていた。

昭和三十年前後だろう、わが国の衣服が大きく転換した。和服が姿を消して洋服になった。一つの国民の衣類が、これほど大々的に変化したのは、世界の服飾史にもめったにない事件にちがいない。

生活史研究所を主宰して、暮らしの歴史にくわしい小泉和子さんが警抜な説をのべている。洋服を定着させた最大の原因は、実用性という以上に「自分自身で作ったこと」だというのだ。「戦前のように洋服屋が作ったものを買っているのだったら、こんなに生活の中に根づくことはなかったと考えられる。自分自身の手で試行錯誤を繰り返しながら作り上げていったということで、洋服をここまで骨肉化できたのである」（『昭和のくらし博物館』）

「戦争未亡人」などといわれた人たち、あるいは復員してきた夫に職がない一家の主婦が、ミシン一つで生活を支えていた。洋裁の内職は当時の女たちに許されていたほとんど唯一の専門職だった。その技術を教える学校が雨後の竹の子のようにできて当然だ。

昭和三十年（一九五五）、電気洗濯機が攪拌式から噴流式になった。東芝が電気釜を発売した。電蓄、電気ごたつ、電気冷蔵庫が、一つまた一つと家庭に入ってきた。エネルギーが木炭や石炭から電気へと移行した。

やがて五〇メートル道路沿いにヤマトヤシキをはじめとするビルディングがあらわれる。写真文庫は国道の北の旧練兵場を写した一枚を収め、そこに市民住宅が建ち「城の美観を害うこと夥しい」と慨嘆しているが、同じ昭和三十年のことである、わが国にはじめて住宅公団の集合住宅、いわゆる団地がおめみえした。

高校生の私は数学ができず、もっぱら短歌に熱中していた。寺山修司が先鞭をつけ、全国の高校生に短歌や俳句ブームがあった。最初の女性誌が出たころで、文芸欄に姉の名前で投稿して賞金をせしめた。味をしめて、いろんな雑誌に投稿した。隣町の福崎に岸上大作という高校生がいて、やはりしきりに投稿していたらしい。むろん、落ちこぼれの高校生には知る由もないことだった。

以後、わが国は重工業を中心とする産業構造の切り換えをはかって、みごとに成功し、倍々ゲームのようにして経済発展をつづけていく。自分ではそれと知らず、意味深い過渡期を生きていた。昭和三十四年(一九五九)、皇太子の結婚に際してテレビが爆発的に売れた。私はこの年の四月、東京の大学に向かうべく、古い町と古い記憶をそっくり置き去りにするようにして姫路をはなれた。

## 初出一覧

### 昭和の青春

モクモク号走る　『BanCul』1997年春号
照国の花屋　『BanCul』1997年夏号
十銭版画　『BanCul』1997年秋号
マッチ一本　『BanCul』1998年冬号
釜の尻　『BanCul』1998年春号
麦つぶのこがし方　『BanCul』1998年夏号
六軒長屋　『BanCul』1998年秋号
浜子一代　『BanCul』1999年春号
お頭渡し　『BanCul』1999年夏号

三つ池　『ＢａｎＣｕｌ』１９９９年秋号
夢の建物　『ＢａｎＣｕｌ』２０００年冬号
ちいさな山　『ＢａｎＣｕｌ』２０００年春号
頂上石　『ＢａｎＣｕｌ』２０００年夏号
終わりと始まり　『ＢａｎＣｕｌ』２０００年秋号

## 播磨を想う

バスに揺られて海山ゆけば　『ＢａｎＣｕｌ』２００５年春号
姫路駅三代　『ＢａｎＣｕｌ』２０１３年春号
駅が教えてくれたこと　『ＢａｎＣｕｌ』２０１５年春号
昭和三十年　『ＢａｎＣｕｌ』２００２年春号

本書は、姫路市文化国際交流財団発行『BanCul』に掲載された作品を単行本化したもので、内容については原則、掲載当時のままとしました。

## あとがき

「ＢａｎＣｕｌ」と書いて「バンカル」。バンシュウ（播州）カルチャーの略。「播磨が見える」とのキャッチコピーをつけ、姫路市文化国際交流財団が発行する地域季刊誌だ。一九九一年の創刊で、公的雑誌として異例の長寿を保っている。

新聞社に勤務中、編集長を仰せつかった私は、創刊に備え、高校同期のよしみもあって、池内君（と呼ばせていただく）を東大の研究室に訪ねた。貴重な助言をいくつももらったが、私の狙いは、彼に連載をお願いすることだった。ドイツ文学者、エッセイストとしての評価と知名度は、すでに全国級であったのだが、生まれ故郷の姫路・播磨での活動はまだ限定的であった。是非とも〝池内ワールド〟をふるさとで展開してもらいたいと考えていた。快諾を得て始まったのが、創刊号から続いた「播磨ものがたり」と題する連載。ふらっと訪れた播磨のマチで、創作と実話を織り込んだ興味津々の物語が展開する。池内君初の里帰り作品として話題を呼んだ。

そのあとの連載が、今回一冊にまとめた「昭和の青春」シリーズである。播磨各地を舞台に、今度は実話をベースに、巧みなストーリー構成で読ませてくれた。産業、風俗、お祭り、マチ、人物、時代の変遷…播磨の昭和が手に取るようにわかる。身近な人物が、身近な舞台で、喜び、怒り、哀しみ、楽しんでいる。読めば誰もが、すぐに主人公や周辺風景の中に溶け込み、自分の足跡をしっかりと確かめられる。一連の「播磨モノ」は、短編小説の名手としての新たな池内像を浮かび上がらせた。

バンカルは創刊以来、誌齢を一〇〇号…一一〇号と刻んでゆくが、池内作品は、二、三の特別号を除き、毎号、欠かさず誌面を飾った。連載のほか、今回収録した不定期のエッセーも数多く寄稿いただいた。彼がこれほどまで播磨に執着してくれるとは思いもよらなかった。同時に、物書きの基本なのだろうが、その記憶力にはただただ脱帽するばかり。取材力も、並外れていた。ことに、余り人目に触れない小地域のマイナーな情報を収集する術は誰もまねできない。こうして集めたテーマは、稀有な記憶力の中で熟成される。やがて、単なる播磨の話ではなく、その思考と視野は、ローカルからグローバルへ的確に広げられていく。数えきれない池内作品に共通する創作手法だが、とりわけ播磨モノについては、その感が強い。

一人の文人が、一つのローカルエリアにこだわって、これだけの作品を残した例は、あまり聞いたことがない。好き嫌いを言わない人だが、池内君にとって播磨は、大国の中の大国だけに、豊富な素材もあって、よほど好きで、かけがえのないところだったのだろう。

突然の訃報に接して一年。異色の池内本が出版されたことを地域と共に喜んでいる。本書が長く読み継がれ、「姫路・播磨の池内」が、いつまでも生き続けてくれることを願っている。

令和二年九月

兵庫県立大学特任教授・バンカル編集長　中元孝迪

池内　紀（いけうち・おさむ）

一九四〇年兵庫県姫路市生まれ。ドイツ文学者・エッセイスト。著書に『ゲーテさんこんばんは』（桑原武夫学芸賞）、『海山のあいだ』（講談社エッセイ賞）、『恩地孝四郎』（読売文学賞）、『播磨ものがたり』『すごいトシヨリBOOK』など。翻訳書に『カフカ小説全集』（日本翻訳文化賞）、ゲーテ『ファウスト』（毎日出版文化賞）など多数。二〇一九年八月三〇日死去。

昭和の青春　播磨を想う

2020年11月16日　第1刷発行

著　者　池内《いけうち》　紀《おさむ》
発行者　吉村 一男
発行所　神戸新聞総合出版センター
〒650-0044　神戸市中央区東川崎町 1-5-7
TEL 078-362-7140　FAX 078-361-7552
https://kobe-yomitai.jp/
印　刷　株式会社 神戸新聞総合印刷

ISBN978-4-343-01094-0 C0095